COLLECTION FOLIO

Yves Pagès

Petites natures mortes au travail

Gallimard

Cet ouvrage a paru initialement aux Éditions Verticales
en février 2000.

Yves Pagès est né à Paris en 1963. Dramaturge et éditeur, il est l'auteur d'un essai critique sur Céline et de plusieurs romans dont *La police des sentiments* (Denoël, 1990), *Les Gauchers* (Julliard, 1993) et *Le théoriste* (Verticales, prix Wepler 2001).

à Paolo Virno

à Laurent Guilloteau

DÉBAUCHÉE *n. f.* : **1.** *Vulg.* Se dit d'une fille qui, vivant du commerce de ses charmes, change à sa guise de protecteur. **2.** *Anc.* Mot autrefois en usage pour désigner l'heure de la cessation générale du travail des ouvriers des arsenaux. **3.** *Abusiv.* Employée délaissant les devoirs de sa profession pour le plaisir. **4.** *Techn.* Personne licenciée. (*Voir syn.* Infidèle, libertine, chômeuse.)

Pseudo pseudo

Petits rats d'opérette en retraite précipitée, billettistes d'expositions temporaires, formateurs mercenaires de mercenaires formateurs, masseuses de cinq à sept, afficheurs sauvages de publicité, recenseurs de taux de fécondité, crieurs de mauvaises nouvelles sur papier journal, effaceurs d'encres murales, esclaves compressibles d'ateliers clandestins, chômeurs défigurés dans *germinal*, mitrons enfarinés dès minuit, bac+9 sans emploi avouable, buralistes mobiles en stocks d'opiacés, nègres pour littérateurs mal inspirés, agents de duplication vidéo, plagistes pour aoûtiens solarisés, aides-soignantes à domicile non fixe, vacataires sans faculté particulière, goals volants jamais titularisés, plongeurs éphémères d'arrière-cuisine, photographes jetables, call-girls sur boîte vocale, cyclistes anabolisés dès trente ans, travesti *pluto* que rien à marne-la-vallée, pions d'échec scolaire, vendangeurs à la petite semaine, filles aux pères *made in thailand*, promeneurs de lévriers au grand air, stagiaires à tous les étages, recycleurs de déchets valorisables, copistes assermentés d'état civil, laveurs de pare-brise au feu rouge, vidéastes d'interludes déprogrammés, gratteurs de morpions sous curatel, déménageurs à dos d'homme, épouvantails pour oiseaux de nuit, sondeurs porte à porte d'opinions, cdd d'aujourd'hui, dcd de demain, videurs posthumes de greniers, ex-psychiatrisés en rééducation taylorienne, retourneurs de crêpes en hiver, cracheurs de white-spirit, fleuristes itinérantes, opératrices de saisie bancaire, licenciés en sociologie du licenciement, yogi à grande flexibilité horaire, porteurs de perche hors champ, pigistes pigeonnés sous presse, junkies sevrés à la tâche, télémateurs en formation cathodique, maîtres très auxiliaires, diplômés mécanos en voies de garage, ouvreuses de cinémascope le week-end, lectrices panoptiques de codes-barres, sculpteurs sans statut, peintres de papa noël sur vitrines, attachées de stress freelance, refourgueurs ex-slaves d'icôneries, applaudimètristes de jeux télévisés, repasseuses de bras de chemises, lampistes pour salles d'art et d'essai, vigiles en soldes monstres, répétiteurs de leçons de choses, radiés du rmi pour concubinage officieux, bidasses involontaires, voituriers du troisième sous-sol, deuguistes sous contrat bénévole, miss juniors remerciées pour un oui pour un non, trieurs d'ordures sur tapis roulants, serveuses avec mensurations idoines, sous-fifres pour orchestre philharmonique, ouvriers toujours agricoles, énièmes assistants du metteur en scène, dames pipi en cas de besoin, shampouineuses de la main à la main, accidentés d'avant le travail, traducteurs pour deux francs six sous, rempileurs éphémères de têtes de gondole, jeunes hommes-sandwichs sur roulettes, flasheurs de mariages en blanc, petites mains dégriffées du prêt-à-porter, taulards corvéables à mi-temps, sous-mannequins pour sous-vêtements par correspondance, chauffards de maître (tous permis), grévistes dégraissés sur le tas, grands frères à la ratp, thésards recyclés en notes de bas de page, musiciens badgés de la dernière rame, voyantes ni vues ni connues sur minitel, vrais poseurs de faux-plafonds, gardiens de phare à la sécurité routière, polyglottes pour boîte vocale, externes d'urgences inhospitalières, embaumé volontaire sur l'esplanade du louvre, couchettistes d'aller sans retour, cachetonneurs d'essais pharmaceutiques, intermutants du pestacle, croupiers en bord de mer, objecteurs consciencieux, accompagnatrices d'autocars diesel, chef de famille par alternance, revizors sous xpress, liftiers d'ascenseur social, meneuses surmenées de revues légères, accordeurs de demi-queue, choristes au doigt et à l'œil chez johnny halliday, titulaires suppléants perpétuels, potiches d'accueil (plus de 26 ans s'abstenir), figurants au sens figuré, veilleurs d'une nuit sur deux, pauvres comme job, agents de surface illimitée, coursiers très alimentaires, hardeuses à mateurs sans tain, juristes en fin de droits, emballeuses de marrons glacés, hors-saisonniers petits fruits, démonstrateurs d'appartement témoin, poètes en mécompte d'auteur, dactylos délocalisées d'outre-mer, contrefacteurs d'euros chez rank xerox, larrons occasionnels, pointeuses de casting en bout de rush, clap-clapistes télécommandés, démaquilleuses de fin d'émission, silhouettes engagées sous réserve, chauffeurs de salle en différé, monteuses coupées au générique, stars à durée déjà terminée, doublures lumière*.

* En dépit des apparences, ceci n'est pas une pétition. Juste le contraire, la liste des signataires tenant lieu de mot d'ordre.

Poste restante

Éric toise un par un ses futurs collègues : trente adultes diplômés papotant dans une salle de classe. Sans connaître aucune prison de l'intérieur, cela lui fait le même effet : un parloir collectif. Tous ont été à rude école. Éric revient d'aussi loin qu'eux, pourtant il se sent à part. Ce doit être le lot des derniers mutés, leur petit scrupule narcissique. Mais à force de scruter ses pairs, Éric en a presque oublié ses cachets : quatre fois deux toutes les trois heures. Faites le calcul, c'est beaucoup d'après les tables de multiplication : douze gélules par matinée, avalées en douce, pour ne pas éveiller les soupçons des autres moribonds ici assemblés. Sur l'ordonnance d'Éric, le détail d'une trithérapie occupe la page entière : « antinucléosidiques », « antiprotéases », « antirétrovirales », « antiallergiques » et « antidépresseurs » annexes. Abrégé sur le tableau noir, cela donnerait : ((1+1+1+1) × 2) × 3 = 32. Les élèves sauraient ainsi selon quelle opération élémentaire leur professeur espère démultiplier son espérance de vie.

Mais il y a longtemps qu'Éric n'enseigne plus les mathématiques modernes au collège. Après examen approfondi, on l'a mis en « arrêt longue durée » : trois années de repos non renouvelables. Ensuite le convalescent est censé reprendre du service. Si son état empire, tant pis. L'incurable chronique n'a plus le choix qu'entre le diagnostic d'une pathologie différente – qui lui rouvrirait de nouveaux droits – et une très chiche retraite d'invalidité.

Trois hivers sans défense immunitaire, on peut en crever. Éric, lui, n'a pas vu le temps passer. Il s'est détendu six mois aux Antilles, amouraché d'un comédien andalou, puis remis à bouquiner, flâner, sortir. Bref, moins guéri que jamais, il s'est réinventé quelques raisons d'exister. Et persuadé aussi que sa maladie méritait salaire. Dans son cas, la cure de chômage fut un franc succès. À tel point que, par paresse ou nécessité, Éric ne souffre pas de la culpabilité ordinaire des pensionnés. On le dirait presque heureux de se savoir, à brève échéance, condamné par un virus plutôt que par la morbidité latente du travail. Entre deux maux, le pire n'est jamais sûr.

Éric a tiré de son état particulier une leçon d'altruisme : la condition de trépassé en sursis exige un minimum vital. Disons : dix mille francs par mois pour le commun des mortels. Éric compte d'ailleurs réclamer sa part lors d'une prochaine visite médicale. Arrivera-t-il à convaincre le psychiatre du ministère de l'Éducation ? Passer pour dingue, c'est le dernier recours encore plausible. Avec, à la clef, deux années de sursis supplémentaires.

Pour l'heure, Éric a trouvé un arrangement : professer par correspondance. Lors de la réunion préparatoire, il pensait croiser d'autres planqués dans son genre, promus correcteurs de copies en dilettante et tous adeptes maladifs de l'oisiveté. Grave erreur. Ces collègues-là ont déjà vingt ou trente ans d'expérience et en manifestent tous les symptômes : déficience auditive, allergie à la craie, agoraphobie et autres troubles maniaco-dépressifs. Ils sont venus fuir ici le pire foyer pathogène qui soit en milieu scolaire : les élèves. D'où cette solution provisoire : remettre le prof à distance et les gamins en quarantaine. Tel est, semble-t-il, l'enjeu sanitaire de la pédagogie par voie postale.

La séance va bientôt s'achever. Éric n'est pas au bout de ses peines. Reste un dernier point à l'ordre du jour : les barèmes de notation. Chaque cacique tient à donner son avis. En substance : « La moyenne des copies vaut beaucoup moins que la moyenne. » Un autre blasé en fin de carrière : « Zéro pointé ! », si on le laissait faire. Et même : « Moins que zéro… », si possible. Leur enthousiasme défie les lois du bon sens arithmétique, n'importe. Tous exultent à l'idée de biffer, souligner, s'indigner dans la marge des copies fautives qu'on leur livrera hebdomadairement. Déjà, ils n'ont qu'une hâte : rentrer vieillir chez eux pour mieux traiter les tares infantiles à l'encre rouge.

Sans avoir jamais mis les pieds dans un asile, Éric s'y croirait : trente infirmiers exigeant d'une seule voix leur propre hospitalisation à domicile. À moins qu'Éric se soit mépris au gré d'un mauvais songe. Mais son voisin de table est là pour le rappeler à une dure réalité : « Alors ? novice ? Pas de chance, le rectorat va vous refiler les pires, que des petits Tziganes. Faut voir les torchons qu'ils nous envoient, ces gosses. Comment voulez-vous qu'ils apprennent quelque chose… ? ça ne tient pas en place ! jamais à la même adresse ! »

Depuis lors, Éric a déménagé cinq fois et négligé de faire suivre son courrier. Si j'en crois sa dernière carte postale, timbrée en Espagne, il compte finir ses jours à Séville, hébergé par le cadet d'une famille de gitans.

Pluto *que rien*

« Avec cette queue morte qui traîne dans mon dos, c'est dur de bien se tenir. Les mômes tirent dessus, et moi, je n'ai pas le droit de bouger pendant que leurs parents prennent la photo. Toute la journée, on m'agrippe, on me tripote dans le sens du poil, on me pince jusqu'au sang. Parfois, on me tâte l'entrecuisse pour voir de quel sexe je suis, en vrai. À force d'amour, ils en viendraient à me lyncher. Le plus pénible quand on mesure deux mètres cinquante, c'est de changer de place sans tituber bêtement. Ou de se faire un croche-patte en reculant sous la pression de la foule. Si je n'avais pas ce long nez creux au milieu de la gueule, je ne serais pas obligé de loucher ou même, en douce, de regarder par le trou de ma bouche, ce qui n'est pas permis. Ni de répondre quand on m'aboie dessus ». C'est un chien qui le dit, un clebs salarié s'entend.

« Ici, je me tiens coi vu que, dans mon contrat de travail, je n'ai pas l'usage de la parole. Ils ont acheté mon silence, alors je signe des autographes. À Marne-la-Vallée, je suis l'un des plus connus, employé pour signer six cents fois *Pluto* par jour avec seulement trois doigts à chaque main. »

Sous-homme-sandwich en hiver, hot-dog en été, José, chômeur réinséré à quatre pattes, touche 35 francs de l'heure à se faire valoir. « Si l'envie d'uriner me presse, je lève les deux bras au ciel. C'est un signe convenu avec les agents de sécurité pour qu'ils me retirent de la circulation. Ensuite, dans les coulisses en préfabriqué, un vigile m'ôte la tête caoutchoutée, le pelage synthétique, et je me dépêche aux toilettes. Quand le soleil tape trop fort l'après-midi, c'est pire qu'un sauna à l'intérieur, ça me démange tellement que je me délivrerais bien d'un grand coup de cutter. Heureusement, on m'autorise une pause toutes les demi-heures, sinon j'étoufferais sous le masque, et *Pluto* ne saurait s'évanouir devant ses fans. »

Que José perde connaissance, c'est pourtant l'effet d'illusion recherché, mais par d'autres moyens. Maintenant que les camps de travail sont ouverts au public, les comédiens domestiques doivent suer sous leur seconde peau et se taire jusqu'à faire disparaître en eux la trace obscène du labeur. L'attraction moderne a sa loi : si tu veux abolir le prolétariat, donne-le en spectacle.

Il était une fois l'aliénation

Jean-Louis est né taciturne dans la périphérie de Bruxelles, avant de s'expatrier étudiant à Paris. Là, il n'est pas devenu plus loquace, sans doute par honte de son accent. On le verrait assez, métempsycose aidant, dans la peau d'un Clint Eastwood. On ne lui en demande pas tant, juste de faire son entrée dans le self-service, se composer un plateau-repas standard, s'asseoir à n'importe quelle place, jamais la même, et surtout n'engager avec ses voisins de tablée aucune conversation. Ne laisser filtrer qu'un « sans doute » ou un « peut-être » du bout des lèvres, rien de plus, entre de longues périodes de mastication silencieuse. Non pas que son rôle soit de pure figuration. Ce mutisme n'est qu'une facette du personnage qu'il doit endosser en public, un ressort à double détente qui lui va comme une prothèse d'acier dans un gant de velours.

D'un naturel timide, Jean-Louis n'en sera que plus intimidant.

À l'autre bout de la salle, un complice donne le change. Fils d'un milliardaire milanais – en dollar ou en lire, cela dépend des jours –, Fabricio a carte blanche pour brouiller les registres de sa volubilité. Tantôt chic bien qu'un tantinet vulgaire, tantôt sincère quoiqu'un soupçon cynique, il doit donner l'impression de ne pas maîtriser jusqu'au bout ses incessantes digressions. Son rôle le veut ainsi : immergé dans un flux de paroles au point de n'y plus faire le tri, happé par un appétit de discourir qui s'alimente lui-même, bavard à ses dépens. Qu'il en dise trop ou qu'il se contredise, Fabricio a tout du gaffeur, sauf qu'il est là pour ça, ce *fanfarone,* pour avoir l'air de se trahir devant tout le monde, même si son babil vise plus expressément la composante féminine de son auditoire.

Le troisième larron, Thomas, a d'autres us et coutumes : déjeuner à treize heures pile, menu végétarien, deux bières en bouteille de 33 centilitres, un double café au lait tiède, un cigare Roméo et Juliette. Et un seul sujet de conversation : l'homogénéisation des taxes dans l'espace économique paneuropéen. Ses convives attitrés ont intérêt à opiner du chef. Thomas se laisse parfois aller à de rares confidences autobiographiques. Il est né en Allemagne, feu de l'Est hélas, mais son papa, ex-cadre modéré du Parti, s'est racheté une conduite, et deux usines dénationalisées qui alimentent désormais un petit business familial. Semblable destinée, si exotique, fait s'ébaudir les voisins de table. Mais Thomas n'est pas le parvenu sans scrupules qu'on pourrait croire, il a toujours un petit mot gentil pour les malchanceux de la réunification, ces inadaptés chroniques, et il sait de quoi il parle : tant d'anciens camarades de pouponnière, de collège, de lycée ou même d'université, aujourd'hui orphelins du plein emploi bureaucratique.

Comment ne pas encourager Thomas à s'encombrer de tels scrupules ? Et compatir au drame de ses origines ?

Chaque midi, les trois comparses rejouent la même scène : le bon mutique, le beau parleur et l'ex-méchant repenti. Chacun de son côté, mais selon un scénario synchronisé d'avance. À les imaginer ensemble, on se prend à spéculer sur la chute qu'un tel scénario prépare. Un hold-up, peut-être, à l'heure où l'employé du self-service repart avec le tiroir-caisse ? Minable : à peine trois mille francs de recette contre un mois de minutieux repérages. D'autant que, comble d'invraisemblance, tous trois portent des costumes trois-pièces gris anthracite de chez Lanvin. Détail insolite qui n'échapperait pas aux deux caméras de vidéo-surveillance braquées sur l'entrée de l'immeuble et écourterait leur hypothétique cavale.

Jean-Louis, Fabricio et Thomas préparent un coup plus sérieux. Il suffit d'envisager la situation sous un autre angle. Combien sont-ils à déjeuner chaque jour dans leur cantine d'entreprise ? Presque huit cents personnes en trois services d'affilée. Le personnel au complet, toute hiérarchie confondue. La consigne vient d'en haut : soigner les moments de convivialité. À midi, on bouffe en symbiose. Après, on digère les conflits en interne. Rien ne se perd, rien ne se crée, tout se transforme. Le temps des repas aussi, gastrothérapie oblige. Fini la pause égoïste, les sandwichs au café, bienvenue au réfectoire pour une cure d'intersubjectivité. Un vague sourire, un appel du pied sous la table, même un rot mal étouffé, tout cela peut optimiser le contact relationnel. D'ailleurs, le management nutritionnel n'a rien inventé. On en revient toujours à la Cène primitive – lorsque le Christ, petit patron fils-à-papa, gueuletonnait avec ses directeurs de filiale.

Mais nos Judas n'ont que faire de ces péplum rétro. Faute d'un désert en Palestine, ils adaptent leur western à n'importe quel décor. Mettons que ce réfectoire a quelque chose d'un saloon. Mêlés aux habitués du lieu, trois chasseurs de prime. Qui traquent-ils ? les huit cents figurants ici présents. Tous *Wanted*, enfin presque. Parmi les têtes mises à prix, certaines valent plus cher que d'autres. Le producteur du film appelle cela une masse salariale. Et, charges comprises, c'est lourd, trop lourd à porter, sur le marché de l'import-export. D'où la mission du trio envoyé sur place : vider l'abcès des charges sociales. Au total, vingt millions d'économie sur le chiffre d'affaires annuel. Mais une telle somme paraît un rien abstraite. Et un mercenaire préfère ajuster des cibles vivantes dans son viseur plutôt que des bilans comptables. Vingt millions, derrière ce nombre, il y a des noms propres, mais lesquels ?

Réduire les frais fixes coûte que coûte, c'est une chose.

Tête par tête, c'en est une autre.

Il y a belle lurette que Jean-Louis, Fabricio et Thomas ont troqué leur winchester contre une calculette. Entre-temps, les tueurs à gages ont affublé leurs armes d'un silencieux. Avec l'*EP*, ils n'ont même plus ce souci. Avec l'*EP*, discrétion assurée. Sous-titrons pour les non-initiés : *Equivalent People.* D'une seule main, il suffit de taper sur les touches le montant à faire disparaître, puis de diviser par quatre, par douze ou par deux cents. En moins d'une minute, vous aurez liquidé un quarteron de dirigeants, une douzaine de cadres supérieurs ou la moitié du personnel bas de gamme. Balistiquement parlant, qui dit mieux ? Ensuite, il revient au commanditaire de faire son choix : licencier par le haut, en plein cœur ou vers le bas. Entre analystes d'un cabinet d'audit international, on résume cela plus crûment : décapiter la bête, dégraisser au milieu ou trancher dans le lard.

Tous les jours, Jean-Louis faxe un bilan détaillé à son chef. Ici, il a chronométré les temps de latence productive des secrétaires. Là, il a repéré quelques postes de maîtrise faisant double emploi. Il a même épinglé un caractériel notoire parmi le cercle restreint des dirigeants. Chaque soir, il redessine, courbes et schémas à l'appui, la nouvelle grille salariale de l'entreprise. Il s'applique, il s'explique, il s'implique. En trois parties, selon la méthode en vogue dans l'Institut de Communication qui l'a récemment diplômé. Comme tant de novices, Jean-Louis pèche par excès de zèle. À force d'épier la main-d'œuvre inutile, il fait l'important, rationalise le moindre conflit interne et cafte tous azimuts pour le bien de la boîte. Comble de naïveté, il finirait presque par se croire indispensable.

Ses équipiers, Fabricio et Thomas, auraient pu le prévenir, lui déciller les yeux, bref déniaiser ce petit rapporteur, mais entre eux aussi, la mésentente relative est stimulante. D'ailleurs, n'a-t-on pas fait exprès d'associer un Italien, un Allemand et ce Belge de service ? Au premier faux-pas, on moquera d'autant mieux le comique involontaire du petit provincial.

C'est un fait, Jean-Louis et ses deux acolytes ne s'expriment pas dans la même langue. Lui parle de rapport d'activité. Eux « d'usine à gaz ». Lui de réduction d'effectifs. Eux « d'opération Jivaro ». Lui de plan social. Eux de « chaise musicale ». Lui de séance de médiation. Eux de « *bullshit* ». Lui de rumeurs infondées de licenciement. Eux de « radio-macoute ». Lui de susceptibilité personnelle. Eux de « *proud-foot* » – ce talon d'Achille de l'*homo economicus* qu'il convient soit de chatouiller soit d'entamer à vif. Bref, Jean-Louis se voudrait docteur en économie. Eux se savent « *black-ties* » – entendez : croquemorts.

Quand ils arrivent sur place, tout est signé depuis longtemps, la liste des radiés d'office déjà établie par le cabinet d'audit. Reste à y mettre les formes : fleurs de rhétorique et courbes statistiques comme autant de couronnes. Ensuite, il suffit d'occuper le terrain. Au bout d'une ou deux semaines, la pression monte. Et ça ne loupe jamais : les indésirables finissent par se sentir visés, perdent leur sang-froid, commettent bourdes sur gaffes et démissionnent d'eux-mêmes.

Et si certains résistent encore, on les pousse à bout lors d'une ultime assemblée, dans la grande salle de la cantine justement.

Mais qu'est-ce qui t'a pris, Jean-Louis ? Tu n'étais pas censé intervenir lors du bilan final. Tu devais la boucler et les laisser régler leurs comptes entre salariés en sursis. Un mot de trop, et tu t'es suicidé publiquement. À présent, tu rentres à l'hôtel. Au passage, par désœuvrement, tu entres dans une solderie, tu achètes un livre. Du Nietzsche ? Le énième tome de ses œuvres complètes. Ça aussi, tu aurais pu éviter. Quatre cent trente-six pages, c'est au moins trois cents de trop. S'offrir un petit polar distrayant, passe encore, mais pas cet épais volume de correspondance, plein des missives abracadabrantes d'un déséquilibré. Et celle-là, la dernière lettre que ce Nietzsche ait écrite avant de se taire à l'asile :

> *Ce n'était pas difficile de me trouver,*
> *maintenant que tu m'as découvert,*
> *l'important est de me perdre.*

Jean-Louis, cela lui rappelle un western de Sergio Leone. Son préféré d'ailleurs. Lequel ? Justement, il a oublié le titre. Nuque plombée sur l'oreiller, il s'obsède en vain. Chaque séquence lui revient au ralenti, mais pas le nom du film. Au risque de passer la nuit à se reprocher cette lacune sans importance.

Emballée sous X

Le carnet d'adresses est un répertoire en voie de disparition. Déjà, au Japon, les décideurs de tout acabit ne s'échangent plus que des cartes de visite qu'ils logent ensuite dans d'épais dépliants plastifiés où chacun peut mettre en transparence l'étendue de son entregent. Plus l'accordéon des raisons sociales comporte de volets réversibles, plus son propriétaire a le bras long. Le périmètre relationnel, ainsi classé par ordre décroissant d'importance, a enfin trouvé son unité de mesure : le mètre-étalon. C'est un cas d'espèce étrangère, mais le village planétaire veut que le cadre nippon supérieur nous montre le chemin. Nulle science-fiction là-dedans. Le pékin français n'est pas en reste. Après m'être photomaté face et profil de l'emploi, je peux désormais concevoir sur écran mes bristols personnalisés et les faire imprimer au rabais dans n'importe quel hall de gare.

Viendra-t-il le jour où l'on n'existera plus que par fiches ou badges interposés ? C'est déjà le cas.

Pour ceux qui en douteraient encore, faites l'expérience. Noël ou pas, rajoutez un coffret de marrons glacés dans votre caddie. En tapant la combinaison secrète, ne manquez pas de saluer la caissière par le petit nom épinglé sur sa blouse. Chacun son code-barre intime. Ensuite, pas d'atermoiements, cédez à la gourmandise en pleine rue. Déchirez l'enveloppe de cellophane selon le liseré rouge, ôtez une à une les friandises de leurs alvéoles et bâfrez-vous jusqu'au coma diabétique. Une fois la boîte totalement razziée, jetez un coup d'œil au fond, vous y découvrirez une carte de visite, celle de l'ouvrière X, disons Béatrice, pour lui rendre hommage, même sous pseudonyme. Qui vous a tout bien calibré vos gâteries avant de les disposer en rangs d'oignons ? Béatrice X. Là, c'est écrit en caractères gras sur le billet cartonné : **EMBALLEUSE Nº 6**.

Non, il ne s'agit pas du numéro de loterie d'un concours publicitaire, ni du petit papillon d'erratum qu'on voit parfois s'envoler en feuilletant un vieux livre, c'est la lettre volée d'une raison sociale.

Chaînes alimentaires

Cet été-là, Alice avait choisi l'agritourisme en rase campagne bretonnante. La veille de son départ, elle rêvait encore d'une ferme idéale : dans la cour, un coq bien gaulois régnant sur un aréopage de poules caqueteuses, d'oies blanches et de dindons en robes de velours noires ; à l'intérieur, quelques porcs engraissant sur pattes ; au loin, une douzaine de vaches alanguies dans un pré verdoyant. Non pas la crèche de l'enfant Jésus, ni la république des animaux d'Orwell, mais le bestiaire du Français à l'état naturel : machiste, glouton, feignant.

Arrivée au gîte rural, Alice chercha des yeux les bêtes tant espérées, en vain. Ni poule, ni coq, ni même un lapin nain, juste un chien pelé faisant la sieste. La propriétaire du lieu, une veuve inconsolable, pleurait sur son sort. Et pour cause : la nuit précédente, un renard avait égorgé tous les habitants de son écosystème idyllique. Cruelle déception. Alice, qui comptait se gaver de produits bio, n'aurait donc ni aile, ni cuisse, ni œuf, ni lait à volonté. La fermière, croyant bien faire, conduisit son hôte dans un hangar préfabriqué. Derrière la porte coulissante, 28 000 poussins, tous éclos de la veille et livrés la nuit même, se pressaient le long d'un mini-pipeline alimenté en farines industrielles. Une autre tubulure, d'arrivée d'eau, les désoiffait au goutte-à-goutte. Soixante tubes au néon éclairaient faiblement l'étuve, maintenue à une température constante de 33 degrés durant la première semaine de croissance. À peine entrée, Alice en avait déjà écrasé trois : petits cadavres jaune vif qui gisaient désormais sur l'immense paillasse de 1 400 m^2. Qu'importe, le consortium agro-alimentaire tolère 7 % de pertes.

« Quand ils feront deux kilos chacun, prophétisa le fermière d'un air absent, on n'aura même plus la place d'y poser un pied. » Par un curieux hasard, ce poulailler concentrationnaire ne rouvrirait ses portes que dans quarante jours, au terme du farniente estival d'Alice. L'équipe de ramassage de l'abattoir viendrait enlever les volailles rescapées par camions, de nuit.

– Ils n'auront donc jamais vu le jour ?, demanda naïvement Alice, avant de monter se coucher.

Intoxication alimentaire ou pas, le soir même, elle eut une insomnie qui lui donna la fièvre et l'obligea à garder la chambre trois semaines d'affilée. Elle se voyait en train de scanner un à un des hordes de poussins en peluche. Chacun portait un sobriquet différent sur l'étiquette pendue à son cou, une griffe connue et son matricule ISBN : Findus, Sony, Danone, Liebig, Cassegrain, et ainsi de suite jusqu'au terme du songe glauque qui revenait souvent hanter Alice. Tant de congés payés à tourner et retourner son mauvais sommeil sur un vieil oreiller déplumé.

À l'autre extrémité de ce cauchemar à la chaîne, quand Alice retrouvera son poste de caissière et les vingt-huit mille codes-barres mémorisés par le lecteur optique de l'hypermarché, elle se sentira presque soulagée de s'en être sortie vivante.

Figuration libre

De son plein gré, Kitia Kofi-Koné se rend à Roissy-Charles-de-Gaulle. Cent quarante-six francs de taxi, cela vaut mieux que risquer de mauvaises rencontres dans les transports en commun. Le rendez-vous est fixé à 22 heures, terminal 2, porte C. Vingt minutes d'avance, le temps de s'offrir un capucino à la cafétéria. D'après sa feuille de route, la nuit risque d'être blanche.

Kitia contemple le hall des départs et suit des yeux trois bidasses en treillis léopard patrouillant le long des baies vitrées.

À l'heure dite, un jeune homme, talkie-walkie à la main, bat le rappel. Aucune tête familière. Elle suit le mouvement.

En traversant le petit portique, Kitia fait bip. Fausse alerte : cela vient du trousseau de clés. Et rebip : le porte-monnaie. Bip toujours : son paquet de cigarettes. À moins que ce ne soient ses fausses dents qui déclenchent l'alarme magnétique ou un reste de broche dans sa jambe gauche. On ne va tout de même pas la démonter pièce par pièce.

– Allez-y, ça ne fait rien, avancez Madame.

Direction la zone de transit.

Ils sont une bonne centaine à se presser devant les deux guichets de la Police des frontières. La file s'amenuise à pas comptés. Déjà minuit moins le quart. Kitia s'est peut-être trompée de file. Scrupule de dernière minute, elle se range sur le côté et cède la place aux suivants. Une fois, deux fois… vingt fois. On n'en finit plus de lui brûler la politesse.

Enfin un visage connu : Annie remonte la colonne en prodiguant ici et là quelques remarques. Kitia lui fait signe. Brèves embrassades. Annie s'éclipse, surgit de nouveau, accourt ailleurs, puis revient, encombrée d'une demi-douzaine de sacs de voyage. Elle en pose un au pied de Kitia : « Ton costume… OK ? On te dira où te changer. » Kitia sourit d'un air entendu. L'autre enchaîne : « Les flics, c'est juste pour le badge, tu demandes un laissez-passer. » Par timidité sans doute, Kitia ne trouve rien à répliquer.

Patience, son tour viendra.

Une cohorte de touristes asiatiques déboule. L'esprit ailleurs, Kitia perd du terrain, hésite à jouer des coudes et se laisse rétrograder parmi les nouveaux venus. Noyée dans la masse, elle piétine encore un petit quart d'heure et finit par présenter ses papiers : un passeport ivoirien et une Autorisation Provisoire de Séjour. Le gradé la dévisage tandis que l'officier des douanes inspecte les pièces justificatives, non sans lorgner la pendule murale.

– C'est… c'est juste pour me laisser passer.

Kitia ne veut pas imaginer le pire.

Le duo en uniforme se concerte à mi-voix, derrière le vitrage blindé. Elle pense à déguerpir, mais non. Un ordre lancé par talkie-walkie et, dix secondes plus tard, trois CRS se présentent. Sortant de la cabine, le gradé agite la main en direction de Kitia. Si l'idée n'était malséante, on penserait au capitaine Haddock tentant, sans succès, de se défaire d'un bout de sparadrap durant un vol longue distance pour Sydney. L'officiel joint la parole au geste d'agacement.

– C'est bon… embarquez-la.

– Mais j'ai rendez-vous tout de suite, c'est pressé.

Une clef de bras, clic puis clac, l'affaire est entendue et Kitia menottée dans le dos. Un CRS fouille dans le sac posé à ses pieds. Dedans, un tailleur rose bonbon d'hôtesse de l'air. La découverte prend au dépourvu le gros bras. On s'enquiert du logo brodé sur la veste : deux F stylisés à l'équerre ainsi que les ailes d'un avion. Et dessous, en toutes lettres : *Abidjan Free Flights.* Un moment de flottement s'ensuit, vite tranché dans le vif par le douanier venu à la rescousse : « Désolé, mais cette compagnie aérienne n'existe pas. » On se tourne vers la suspecte. Qu'elle avoue les motifs de son imposture. « Usage de faux uniformes, ça risque de vous coûter un maximum », insiste le gradé. Déjà que le récépissé de Kitia n'est plus valable, raison de plus pour la coffrer. Jusqu'ici elle s'est tue à contrecœur, mais devant trop d'arbitraire à la fois, les mots sortent tout seuls.

– Chien vert des lagunes, retournez à la merde.

Ceci dit, fort heureusement, en dialecte baoulé.

On lui remet ses paperasses sous les yeux. D'une main pesant sur sa nuque, on force Kitia à déchiffrer le délai légal sur la carte de séjour, en bas à droite. C'est dûment estampillé par la préfecture. L'échéance tombe ce jour même, enfin la veille au soir puisqu'il est minuit passé de dix-sept minutes et trente-six secondes. Le quart d'heure de trop. Désormais la présence de Kitia sur le sol français constitue une infraction. Et avec les dates butoirs, on ne transige pas.

Après expiration, les nègres contrevenants n'ont plus droit qu'au baptême de l'air.

Pas de panique, Kitia va tout leur expliquer en détail. Annie l'a convoquée le matin même pour faire un petit extra en figuration. De nuit, c'est payé double, alors ça vaut le déplacement. La tenue d'hôtesse de l'air, c'est pour son rôle. Le cinoche, c'est tout faux, sauf ses papiers à elle qui montrent quand même sa bonne foi. Et puis, un quart d'heure, c'est pas le bout du monde. Au guichet numéro 5 de la préfecture, les fonctionnaires mettent des mois à contresigner les formulaires. Comme si c'était exprès. D'accord, sur son APS, il y a marqué « interdiction de travailler », mais on lui avait quand même demandé de joindre des fiches de paye à son dossier. Alors elle cachetonne pour des castings, c'est presque un vrai métier. Quel film ? Elle bafouille. Ça lui revient quand même : *Tintin au Tibet.* Les vedettes prennent l'avion, les autres ne vont nulle part.

Le gradé opine du chef. Il a l'air au courant. Kitia se détend malgré ses deux mains entravées qui lui raidissent les bras et forcent les omoplates à presque se toucher. On envoie chercher la fille du casting dans la zone de transit. Annie confirme point par point. Pour preuve : le nom de Kitia coché sur son listing. Le gradé désire parler à un responsable, en aparté. Qu'à cela ne tienne, le premier assistant arrive et tombe aussitôt des nues. Quoi ? Une *black* clando parmi ses figurants ? Il nie d'emblée, puis, devant l'évidence, présente ses excuses. Il en réfère à qui de droit par talkie-walkie. On le recontacte quelques minutes plus tard. Au regard des frais engagés, on ne va pas modifier le plan de travail pour ça. L'affaire se règle à l'amiable, de part et d'autre, comme si de rien n'était.

« Moteur ! Silence ! Action ! Ça tourne… » : des passagers font la queue. Tintin tend son billet à un steward. Dans le couloir d'embarquement, il croise trois hôtesses de l'air. Dix secondes plus tard, elles sortent du champ : « Coupez ! »

Dès le lendemain, une secrétaire effacera Kitia des fichiers de la comptabilité. Les CRS, eux, la conduiront dans l'heure au centre de rétention de Mesnil-Amelot, à dix kilomètres de là. Inutile d'alarmer les hautes sphères de la préfecture. Inutile aussi de troubler le producteur en chef. Ça tombe mal, c'est son anniversaire ; et la rumeur veut qu'il festoie en compagnie de jouvencelles acheminées depuis l'Est européen par des voies officieuses. Bref, il a d'autres chats à fouetter.

Cinq jours plus tard, l'équipe de tournage rejoint Katmandou. Aucun visa n'étant délivré pour le Tibet, ils se contenteront du versant népalais de l'Himalaya. Seul souci, le garçon censé incarner Tchang – un ex-Vietnamien sauvé *in extremis* du naufrage en mer de Chine et adopté depuis par un couple de quadragénaires parisiens – s'adapte mal aux effets de l'altitude. Entre deux éternuements, il semble manquer d'air. À tel point qu'on se demande si ce mioche asthmatique pourra tenir son rôle, le lendemain, blotti dans les bras du cascadeur déguisé en Yéti, escaladant les contrebas du massif rocheux sous la tempête des ventilateurs géants et des canons à neige.

Dans la salle de télévision à peine chauffée, Kitia aussi couve un mauvais rhume : deux fois « Tchang ! »

Des pompiers la bousculent en passant. L'Algérienne de son dortoir vient d'avaler une lime à ongles. Ce n'est pas faute d'avoir été fouillée à l'entrée. Tant pis pour elle, on la délocalisera sur une civière. Un Paris-Abidjan est prévu pour le lendemain, avec son lot de passagers malgré eux, muselés d'un bout de sparadrap, menottés toujours et sanglés aux bras des fauteuils, sans compter d'autres camisoles chimiques.

Au loin, la carcasse d'un zinc échoué dans la neige. Milou y déniche un poulet congelé de longue date. Tintin, lui, déchiffre le nom de son petit protégé gravé sur la paroi d'une grotte. Aujourd'hui, le Yéti est au chômage technique. Sans s'en vanter, il a adressé un mandat de mille francs aux parents de Kitia.

Post Scriptum : si Kitia Kofi-Koné a encore besoin d'un pseudonyme, c'est que l'administration pénitentiaire pourrait lui reprocher d'exister, même fugitivement, dans ce livre. Six mois fermes pour « entraves répétées à une mesure d'embarquement » lui ont servi de leçon. Mais on aurait tort d'épiloguer sur la présence de trois K d'affilée dans ce nom d'emprunt, c'est exprès.

La débauchée

« C'est moi qui faisais remplir les fiches alphabétiques des nouveaux inscrits. Souvent, les conseillers collaient des post-it sur leur dossier. Une consigne par couleur. Rouge, c'était des problèmes psychiques. Orange, des complications familiales. Jaune, des justificatifs suspects. Violet, d'anciens détenus. Bleu, les toxicomaniaques. Ensuite, si un cas spécial se représentait, j'avais surligné des adresses au fluo sur le Bottin pour l'aider à trouver un foyer ou un service de tutelle. Les stylos bic multicolores, c'était réservé aux messages en interne. Les autres n'avaient droit qu'à des crayons noirs. Par écrit, on devait s'appeler par nos initiales. À la photocopieuse aussi, tout était sous noms de code, ou sur le calendrier des postes dans la salle de réunion : nos dates d'anniversaire et le décompte individuel des achats de café. Même le papier des toilettes, c'était à tour de rôle, mais chacun son goût : Édith vert, Paul mauve, Nicole recyclé gris et moi rose. À force de rester le cul sur ma chaise, six kilos en un mois et demi. Impossible de rentrer dans mes affaires, plus rien qui m'aille. J'aurais pu m'inventer une maladie au téléphone, j'ai préféré raccrocher. »

Faute d'avoir achevé sa période d'essai, Jeanne reçut une lettre recommandée de l'agence qui l'avait embauchée comme hôtesse d'accueil. Désormais, c'était l'ancienne-future-ex-néo-chômeuse que l'ANPE convoquait pour repasser de l'autre côté du miroir : tarif dégressif avant imminente cessation des allocations. « Au départ, j'avais suivi deux matinées de recyclage théorique. On était une dizaine de jeunes femmes autour de la table ovale. En face de nous, le formateur s'est mis à dessiner les locaux de l'agence. D'abord un rond qu'il a divisé horizontalement en deux et hachuré de noir : en bas, l'espace accueil emploi ; en haut, l'espace direction. Et dans l'interstice, il a rajouté de petits modules relationnels : en vert, l'espace télématique ; en jaune, la salle d'attente ; en rouge, les six bureaux des conseillers. D'après lui, toutes les nouvelles ANPE seraient construites sur le même modèle. Ensuite, il y a eu un quart d'heure de libre expression. Chacun devait se montrer spontané, il a insisté sur ce point. Au lieu de ça, que des formules de politesse pendant le tour de table. Moi, histoire de jouer le jeu, j'ai dit : "Votre dessin, on dirait un hamburger géant." C'était prémonitoire puisque le formateur a levé la séance : "Merci mesdemoiselles et bon appétit." »

Injoignable depuis sa démission, Jeanne fut radiée d'office. Mais il y avait autre chose en suspens, une hypothèse jusque-là écartée par négligence ou dépit sentimental : l'arrêt presque concomitant de ses cycles menstruels et du versement de ses allocations. Nausées, fatigues, surcharge pondérale, tout s'expliquait avec retard. Au lendemain de l'examen gynécologique, Jeanne rappela l'antenne locale de l'ANPE. Elle obtint un rendez-vous pour la semaine suivante.

Sa maternité nécessitait un alitement à temps complet selon le certificat médical qu'elle tendit à son ex-collègue, Édith en l'occurrence. Le dossier de Jeanne trônait en haut d'une pile, sur le bureau. Elle remarqua d'emblée les post-it qui dépassaient de la chemise cartonnée. Il y en avait au moins quatre, aux teintes familières. Mais comment trouver le moyen de lire les annotations qui y figuraient ? Justement, Édith dut s'absenter, le temps d'aller contresigner un formulaire dans la pièce à côté...

L'occasion rêvée pour Jeanne de méditer ses quatre vérités en quadrichromie : Rouge : « *un peu parano, se méfier* » ; Bleu : « *souvent malade du foie : alcoolisme ?* » ; Orange : « *divorcée, très instable* » ; Jaune : « *grossesse rétroactive, impossible* ».

Cure à Durée Indéterminée

Un mythique « retour à la terre » n'a cessé de hanter ce siècle, d'une génération à l'autre : des bêtas scouts aux *beatniks.* Contrecoup tectonique du séisme 68, que de Parisiens déçus se sont senti pousser des racines paysannes pour transplanter leur déception extra-muros, là où l'exode rural n'avait laissé que ruines et friches. Ce qui les attendait en Ardèche ou ailleurs : une idée depuis longtemps désertée de la Nature. La plupart ont trait des chèvres moins d'une année solaire et fumé de mauvaises herbes. Leur nostalgie viscérale les a vieillis sur pieds. Faute d'un jardin fertile à volonté, ce ne fut pas l'Éden pour tout le monde. D'un côté les imbéciles heureux – en franglais « baba cool ». De l'autre les *hippie few.* Quant à la répartition des tâches… aux plus moutonniers, un destin de valet de ferme ; aux moins bêtes, une ascèse mûrement réfléchie.

Tout un état d'esprit : *flower power !* Sous des dehors exotiques, l'expression ne datait pas d'hier. La fleur de lys féodale refleurissant en pâquerette et marguerite. On venait de remettre le servage au goût du jour – psychédélique.

Ma grand-mère, née gaveuse d'oie et morte de fatigue à quatre-vingt-six ans, m'avait prévenu : on ne s'improvise pas berger sans se faire tondre la laine sur le dos ; ni maraîcher sans contracter sciatiques et lumbagos. L'utopie communautaire a fait long feu. Paix à ses cendres, guerre à ses sectes. Aujourd'hui, la satire est facile, mais l'art de vivre ensemble toujours aussi difficile. Ceux qui demain voudront fuir la grande ville n'arriveront jamais nulle part, rattrapés où qu'ils aillent par une banlieue illimitée, nos terres brûlées universelles : *every man's land.*

Pourtant, les prophètes du renouveau agraire n'ont pas dit leur dernier mot. Certains font encore leur beurre avec les mêmes brebis galeuses – marginaux de tous poils –, mais à des fins plus édifiantes : couper l'asocial de son milieu pathogène, bref, délocaliser le jeune inadapté chronique pour le soustraire aux tentations citadines. Rejetons déviants de la Métropole, par ici la sortie. La campagne n'est plus seulement hospitalière, c'est un hôpital d'avenir. Elle a déjà ses lieux de vie spécialisés et même des fermes modèles qui, parmi les intoxications urbaines, traitent de préférence l'héroïnomanie.

Le gourou patriarcal, promoteur de ces cliniques agricoles, a du bon sens à revendre. Et quelque expérience du sevrage animal appliqué sans faillir aux toxicos, ces veaux restés trop longtemps sous leur vache de mère. N'est-ce pas Lionel que c'est dur de résister ? Une seule injection vous manque et tout le bras semble amputé. Après deux semaines de fièvres noires, sans chimie alternative ni soins annexes, il était temps qu'on te détache du lit, et qu'on te rende utile. La Méthadone, c'eut été encourager ta paresse, mais les culs-terreux ignorent la grasse matinée. Alors, on t'a trouvé une tâche de substitution pour te sentir exister : la cueillette des olives huit heures par jour, dans un coin perdu du Portugal où l'on avait jugé bon de t'exiler.

Ton tuteur t'a aussi privé de café crème, de tabac, de dortoir mixte et de salaire, autant de mauvaises habitudes dont tu as fini par te passer. N'est-ce pas Lionel ? Bien sûr, c'est très cher payé, cinq mille francs par mois et par pensionnaire, pour lui réapprendre à bosser en plein air, mais la guérison n'a pas de prix. Au bout d'un an, tes parents en ont eu assez de se saigner aux quatre veines, et toi plus que marre de dénoyauter des olives vertes gratis. Fatalement, tu t'es procuré de quoi te mettre en grève illimitée, une seringue dans l'envers du coude. C'était flashant, n'est-ce pas, ce premier arrêt de travail ? Après le shoot, tu t'es senti comme une usine à toi seul, mais une usine sans aucun ouvrier, une chaîne de montage entièrement automatisée.

Eux, ils ont appelé ça une overdose d'héroïne.

Les camelots du moi

Après avoir séjourné une semaine à Paris, n'importe quel touriste – se sentant une âme d'ethnologue – saurait distinguer parmi ceux qu'il a croisés deux sortes de mendiants : les pauvres dits traditionnels, accroupis au bord d'un trottoir, tendant aux passants soit la main soit un carton qui, héritage du cinéma muet, résume leur situation présente : « J'ai faim, merci » ; et les pauvres plus récents qui, passant d'une rame de métro à l'autre, déclinent aux voyageurs leur identité, leur âge, leur situation familiale, judiciaire ou sanitaire et enfin le degré zéro de leur ressource. Cette typologie ne comprend pas les musiciens amateurs qui, pour obtenir le badge autorisant à jouer en ce bas monde, doivent présenter leurs morceaux devant un jury spécial de la RATP. Ces sous-traités de l'animation *underground* portent une autre croix, en plus de leur guitare, mais passons.

Il y aurait donc, en surface, d'immuables clochards qui ajoutent au pittoresque du décor urbain ; et, en sous-sol, de nouveaux venus qui, circulant dans le labyrinthe des transports en commun, y confessent en quelques énoncés abrupts l'état clinique de leur misère.

« Je me présente : Emmanuel. Ni chien ni enfant à nourrir, aucun parent à charge, pas de casier judiciaire, pas de domicile, pas de travail, pas de carte bleue, pas de chéquier, juste un ticket de métro sur moi. Merci. »

D'un seul coup, mépris, honte ou lassitude anesthésient la foule des inconnus à qui le message s'adresse. La quête est souvent infructueuse, cela dépend du timbre de la voix et de la qualité d'incarnation du quémandeur. Puisqu'il a choisi de mettre en scène son désespoir, on attend de lui, plus ou moins consciemment, qu'il transcende son rôle, bref que sa fiction dépasse sa réalité. Cruel paradoxe, on le voudrait acteur de sa lente déchéance sociale, mais on soupçonne que le drame ici résumé ne soit que de comédie. Face au clown triste, les spectateurs n'ont plus, pour lui refuser l'aumône, que deux recours : douter de son talent dramatique ou de l'authenticité du personnage, une fois le masque tombé, en coulisse.

Qui oserait pourtant reprocher à l'antiphraseur Emmanuel de tricher, wagon après wagon, en se peaufinant une biographie sordide ? Dans son cas, ce faux-semblant n'a rien à envier à sa propre histoire. Bon père de famille et convoyeur de fonds, licencié pour complicité d'attaque à main armée, puis acculé au divorce en prison, il ne doit sa libération anticipée qu'à une bonne conduite dictée par la faillite de ses défenses immunitaires. Désormais, faute de prise en charge, il traite son sida à l'aspirine effervescente. Mais par pudeur ou simple peur de choquer, Emmanuel préfère changer de répertoire en public.

Outre la compassion, il est un autre sentiment, inavouable, qui conduit les usagers du métro à reconnaître dans ces *one-man-show* pitoyables un rite qu'ils ont eux-mêmes pratiqué. En cette duplicité intime s'entend comme un écho familier, le retour de flamme d'une rhétorique que la plupart connaissent par cœur, celle des entretiens d'embauche.

Cadres supérieurs ou petits intérimaires, venus mendier un emploi, tous ont dû résumer leur curriculum vitae en deux cents mots piégés et justifier leurs passages à vide entre deux dates d'activité. Tous ont blanchi des zones d'ombres au Typex, menti sur un point faible, bluffé sur une compétence, abusé d'un titre ronflant, fait l'impasse sur une faute grave. Et, pour se vendre au plus offrant, improvisé à huis clos le même *happening* que le bonimenteur Emmanuel, ce frère adoptif de mes treize ans, triplant sa quatrième alors que j'y entrais, fier de m'initier à la mobylette sur des engins empruntés on ne sait où, toujours prêt à aborder une fille qui m'intimidait, surtout les flagellantes qui tapinaient en bas de chez moi. Emmanuel, gratteur précoce de guitare folk, branlotin vantard, fils unique de sa grand-mère, perdu de vue au détour d'une fatale réorientation en filière professionnelle.

Fin de carrières

La taupe est myope comme une taupe. À ses yeux mi-clos, il ne saurait y avoir de bout du tunnel. Prévoir ou concevoir une issue paraît au-delà de ses forces. De même qu'écarquiller ne lui servirait pas à grand-chose. Six pieds sous nos tombes, rien ne se donne à voir. Il lui faut gratter au plus près, et pelleter à mesure, pour produire de la visibilité. Chaque centimètre cube n'ouvre un espace sensible qu'une fois vidé de son trop-plein de silice ou d'humus. D'où ce résumé symbolique : les taupes seraient les premières damnées de la terre. Et les mineurs de fond nos derniers prolétaires.

Dans sa jeunesse, Marx a poussé très loin la métaphore. Et manqué de peu le concept oculaire d'aliénation. Question d'ophtalmologie, de prime abord. Enfermé dans l'obscurité d'un puits onze heures par jour, l'ouvrier s'aveuglant à travailler devient pire qu'une taupe. Au SMIC ou pas, on aura beau l'indemniser pour cette mutation régressive, il n'en sera pas moins rattrapé par ce destin animal : progresser centimètre par centimètre dans une galerie sans début ni fin. Et rien de plus inhumain que de troquer sa peau contre celle d'un mammifère inférieur.

Quant aux chevaux chargés de tirer les wagonnets, sitôt descendus dans l'abîme, on leur crevait les yeux pour mieux les tuer à la tâche. La désorbitation se pratiquait encore aux Houillères de Cagnac, en 1953. On comprendra qu'une coutume si dégradante ait été abolie depuis. L'essor des clubs d'équitation et des courses hippiques prédestinaient ces canassons à des activités moins pénibles, bref à être réorientés vers le secteur tertiaire.

Cécité syndicale aidant, les mineurs, eux, n'ont pas quitté leurs gouffres, ils sont juste sortis des profondeurs pour exiger des Charbonnages la perpétuation de leur mauvais sort. Quelle héroïque aliénation s'est alors manifestée dans la rue ? À contempler ces émeutes, aussi désespérées que désespérantes, on aurait dit des blocs irradiant d'obscurité, en plein jour. N'insistons pas, Nerval l'a déjà si bien dit : le soleil noir de la mélancolie. Qu'avait-on fait des ouvriers depuis un siècle ? Du combustible, au même titre que n'importe quel morceau de charbon, exploités de façon similaire. Mineurs réduits à l'état minéral. Qui irait leur jeter la pierre ?

Mais il a dû se passer autre chose là-dessous. On ne fore pas à temps complet sans s'approprier aussi le point de vue des taupes. On touche, ce faisant, à la racine de tout esprit critique : se frayer un champ de vision, creuser pour mieux voir, autrement dit, bouleverser l'ordre des choses à mesure qu'on s'y veut repérer. Les mineurs de fond furent, en puissance, nos penseurs *underground*, bien placés pour affirmer qu'il n'y a pas d'air libre ici-bas, mais qu'on gagne du terrain sur l'obscurantisme en s'attaquant aux matières premières de nos existences. Vingt siècles de philosophie d'un seul coup déblayés. Utilisé à contre-emploi, un tel regard matérialiste ne pouvait que se retourner contre les gueules noires. Et l'irrationalité économique les enterrer vivants.

Dernier né d'une famille décimée par la silicose, Jacques va encore au charbon, près d'Alès, mais comme simple guide. La mine vient d'être réaménagée en musée. Devant l'aréopage de touristes, il se fait pédagogue : « Pour nous, ç'a été dur la fermeture. Pourtant, fallait voir les conditions : la poussière, le boucan, les risques d'accidents et les séquelles après : 100 % de maladies professionnelles... » Il en sait quelque chose, mais inutile de s'étendre sur le sujet. Tous les deux jours, il passe au service de pneumologie changer la bouteille d'oxygène de son frère aîné, cloîtré chez lui sous assistance respiratoire. Encore une corvée quotidienne que Jacques doit aux Houillères.

Dans la galerie témoin, les visiteurs parcourent à rebours l'histoire des techniques jusqu'à l'âge des cavernes : quelques mannequins figés en plein labeur, moitié nus, un outil primitif à la main. Parvenu à cette extrémité du souterrain, Jacques précise : « Les veines étaient si minces qu'on les taillait encore au piolet dans les années 60. Oublié tout ça, voilà messieurs-dames, c'est fini, terminé, merci de votre attention... » Sans autre commentaire.

Et si jamais on lui demande son avis sur l'abandon du site, il se tait, non sans laisser filtrer un soupir nostalgique.

Mais qu'un intello à binocles, ouvriériste et chauvin, n'aille pas lui vanter le patrimoine industriel national ou la rentabilité du charbon franco-français.

– Vas-y toi-même, en Enfer !

Ces myopes-là, Jacques les a en horreur.

Police de caractères

Ils sont Français d'état civil et titulaires d'un simple BEPC. Ils ont entre 17 et 28 ans. Ils vont courir 60 mètres, grimper 5 autres mètres à la corde lisse et lancer 7 kilos 257 grammes dans un bac à sable, mais avant d'endurer ces épreuves, ils auront passé une visite médicale pour y remplir les conditions d'aptitudes requises. Le candidat, toisé au sens propre et figuré, prouvera qu'il mesure au moins 1 mètre 71 et possède une acuité visuelle, sans lentilles correctives, supérieure ou égale à 5 dixièmes pour chaque œil. Quant aux candidates, elles se contenteront de dépasser les 163 centimètres. Bigle(euse)s et court(e)s sur pattes, s'abstenir donc. Ces deux conditions de départ semblent avoir une telle importance qu'on en retrouve trace lors de l'épreuve reine du concours : la dictée.

Pour preuve, ces quatre premières lignes qu'on doit leur répéter trois fois à haute et intelligible voix. Je cite de mémoire, puisque, ce matin-là, on m'avait demandé de remplacer au pied levé un surveillant qui s'était fait porter pâle :

« *Ma mère était une blonde de taille moyenne point Ses yeux d'un marron velouté qu'une myopie prononcée adoucissait encore virgule vous caressaient point Elle ne portait pas de lunettes virgule elle rapprochait très près de ses yeux l'ouvrage qu'elle lisait* », etc.

La prose ci-dessus ne date pas d'hier. Nous la devons à Édouard Bled, instituteur laïc et obligatoire. Des générations entières d'alphabétisés ont déjà dû subir le même pensum. Maintenant, c'était au tour des aspirants gardiens de la paix, et consœurs, de plancher. L'extrait avait-il été choisi pour son caractère anthropométrique ? De fait, il rappelait les portraits-robots qui hantent les romans de gare et les registres de commissariat.

Une fois relevé et scellé sous enveloppe le tas de copies, je fis un détour par les toilettes avant de quitter le centre d'examen. « *Nike ta Gra-*

maire », pouvait-on lire en gros caractères sur la porte refermée du cabinet. Et un peu plus haut : « *sal arabe* ». Et débordant par-dessus : « *la faute au Français* ». Et vers la gauche : « *va mourire* ». Et de proche en proche : « *pd de ta rasse* », « *bande de cus nuls* », « *toi-maime* »…

Et tant d'autres interpellations qu'aspirants policiers et cancres suspects s'étaient échangés dans l'anonymat.

L'unanimité moins une voix

Il est presque minuit, Mado sort du Fouquet's, avenue des Champs-Élysées. Elle vient d'y claquer un dixième de sa mensualité d'institutrice. Et alors ? Ces petites folies dépensières ont un goût de revanche. Et puis, quitter une banlieue déserte pour le centre ville, c'est le moindre des dépaysements en période estivale. Disons qu'elle s'est payé un dîner d'anniversaire. Pour fêter quoi ? Le trou noir des vacances scolaires. Quand les congés payés ressemblent à deux longs mois d'arrêt maladie. Au menu, ni gâteau, ni bougie, juste un kir et quelques gélules en guise d'apéritif. Pour s'en sortir, son thérapeute lui a conseillé de sortir. C'est fait. Dans le haut lieu du noctambulisme parisien, elle espérait croiser, du regard au moins, une vedette. Chou blanc, plutôt salé à l'addition.

Après le repas, un film, n'importe lequel, pour distraire son célibat.

Au cinéma, on aurait dit une salle de classe, mais sans élèves. Vingt-cinq rangées de fauteuils vides, tant mieux.

Deux heures plus tard, Mado rejoint son automobile, sans prendre garde à la foule tapageuse qu'elle traverse en somnambule. Tant pis, elle n'a plus le courage de tourner la clé du contact. Un autre cachet, et elle s'endort au volant, le corps en panne sèche. Mais les désœuvrés du samedi soir sont plus nombreux que d'habitude, et agités d'une joie unanime. La belle endormie, au point mort, les met en rage. Par dizaines, comme en apesanteur, ils marchent sur le toit de sa bagnole. Mado se réveille soudain en Enfer. Ce chahut juvénile lui rappelle certaines fins de cours… à moins que ce ne soient ses échecs scolaires qui reviennent la hanter. Les yeux mi-clos, elle démarre. Personne ne s'écarte. Au contraire, la multitude se densifie à mesure qu'elle revient à la réalité.

Des cris, des fanions tricolores, et puis du sang sur le pare-brise.

Madame X. a donc commis un crime. Avec ou sans préméditation ? Difficile d'en juger.

Ce soir-là, l'équipe de France de football venait de remporter la victoire face à onze Brésiliens somnolents. Ou médiqués à trop forte dose, comme Mado. Peu importe. Avait-on le droit d'ignorer l'événement ? De faire comme s'il n'avait pas eu lieu ? Pire encore, de manifester égoïstement son malheur alors qu'une fête nationale battait son plein sur l'artère majeure de la ville lumière. Tous Français à tue-tête, sauf Mado, en son sommeil paradoxal. Tout un peuple élu à l'unanimité moins une voix.

Après une nuit blanche, Mado s'est constituée prisonnière dans un commissariat de banlieue. On l'a placée en observation à l'infirmerie psychiatrique de la Préfecture de police. Et pour cause. Il faut avoir perdu sa raison sociale pour remonter seule et à contre-courant une autoroute de l'Information.

Quant au score provisoire : un mort, cent dix blessés, dont neuf dans un état grave.

Le syndrome delphinien

3. *De tous les mammifères vivipares, seul le dauphin, euthérien carnivore de la famille des cétacés homodontes, ne rêvent pas.*

Sujet du verbe « rêver » ? « seul le dauphin » au singulier. Rayer le pluriel abusif dans le corps du texte et reporter la biffure rouge dans la marge. D'expérience, Léopold prêtait une attention particulière aux notes en bas de page des opuscules universitaires qu'il corrigeait au kilomètre. C'était là, dans ces annexes en petits caractères que se logeaient les pires aberrations typographiques, ponctuations fantaisistes, fautes d'accord et autres coquilles négligées à tort par le commun des bachoteurs qui ne consulte pareils traités zoologiques qu'en diagonale ou de loin en loin. Or le correcteur, lui, ne rêvasse pas entre les lignes, il traque les bourdes au signe près.

Léopold s'était mis dans la peau du contremaître surveillant une chaîne de montage industrielle. En chaque mot, il voyait une pièce détachée qui devait répondre aux normes. En chaque phrase, il assurait la comptabilité du kit des modules grammaticaux. Sa cadence de relecture ne lui laissait pas le choix, il contrôlait le défilement de cette prose spécialisée à flux tendus. D'où sa rage de petit chef contre la mauvaise ouvrage d'auteurs soit désinvoltes soit dyslexiques soit les deux ; et son mépris pour la clientèle estudiantine de ces monographies animalières qui ignorait tout de son labeur invisible.

Par lassitude oculaire, Léopold passait le reste de son temps à dormir. Quant à bouquiner ? Cela n'avait qu'une vertu soporifique, en cas d'insomnie. Ou juste à parcourir les nouvelles dans les journaux. Mais cette lecture faisait violence à sa tournure d'esprit. Soudain, il ne contrôlait plus rien, tout faisait sens à la fois. Du sens jusqu'à la nausée. Ça ressemblait aux cahiers jamais reliés d'un livre à peine sorti des rotatives et chaque jour recomposés à mille mains dans un nouveau désordre lexical. Outre cette faute de goût, Léopold décelait dans la presse un vice de forme. On n'y comprenait rien sans avoir eu connaissance des numéros précédents. Pris en cours, ces feuilletons ne pouvaient éclairer quiconque se tenait à distance des affaires du monde. Si informations il y avait, elles n'étaient pas à sonder dans l'écrit brut, mais à décrypter dans les limbes d'une actualité de l'avant-veille, et ainsi de suite à reculons. Léopold se sentait comme exclu par le savoir fantomatique qui s'interposait entre l'article et lui.

Il manquait à Léopold un fil pour pénétrer les colonnes labyrinthiques des quotidiens, et en trouver l'issue. Or ce fil, c'était notre Histoire. Pas la sienne – recluse 24 heures sur 24 à domicile –, la nôtre, sans cesse imminente et maintes fois millénaire. Chaque jour, dès la Une, il sentait les nouvelles se dérober sous ses yeux, faute d'en saisir le contexte. Ces vaines calligraphies couchées sur le papier ne parasitaient jamais qu'une réalité étrangère, le foutu hors champ politique, économique, sociologique et tant de *hic* encore. Comme quoi, concluait Léopold, si le monde cessait du jour au lendemain d'évoluer – et d'occuper nos stocks mémoriels –, il y aurait toujours autant d'œuvres savantes, mais le journalisme en perdrait aussitôt sa raison d'être.

L'imposture résidait dans ces imprimés recyclables qui obligeaient notre langue à vivre au gré des circonstances, alors qu'elle repose par définition même en un seul lieu : les dictionnaires. Là où elle se parle toute seule et à la perfection. À bout d'arguments, Léopold avouait parfois son intime conviction : à quoi bon scribouiller encore et encore puisque l'essentiel était déjà dans *Le Bon usage* de Grevisse ou dans le *Dictionnaire des difficultés de la langue française* de Thomas.

Pour se distraire d'une vie trop studieuse, il invitait chaque vendredi quelques collègues moins sourcilleux que lui en matière de français correct. Mais sitôt la conversation engagée sur d'autres obsessions que les siennes – le *best of* des coquilles de la semaine –, il boudait. Ensuite, ce n'était que sarcasmes de second degré, grossiers sous-entendus, allusions malignes, cachotteries insanes entre faux amis. À mesure que les convives s'enivraient, leur boulimie verbale n'avait plus de sens qu'au figuré. Et cette dérive-là le rendait migraineux, au point de garder la chambre le restant du week-end.

Dans son cas, il s'agissait d'une maladie professionnelle non encore répertoriée. Enfermé chez lui, mais surtout dans les configurations d'une grammaire mentale, Léopold vivait pour et par le signifiant. Son souci permanent de correction l'avait rendu insensible au sens commun. À sa décharge, précisons qu'il revenait de loin : dix ans d'addiction continue à l'héroïne par intraveineuse. Depuis, il fuyait les songes trompeurs du dehors. La nuit, surtout, il luttait contre son imagination naturelle. Il avait peur de faire des rêves (bons ou mauvais, n'importe) et de renouer par ce biais onirique avec le rituel du garrot et l'envie subite d'un produit opiacé.

Le b-a-ba de son métier le ramenait à des normes élémentaires, croyait-il. À moins qu'il ne se soit rendu barbare à force de traquer partout des barbarismes. Sevré 100 % certes, mais junkie du travail.

« *Le dauphin (...) ne rêvent pas* », au singulier s.v.p. À peine biffé ce pluriel fautif, un coup de fil de son employeur rompit le contrat précaire de Léopold. Jusqu'ici, sa société d'édition collationnait les relectures d'un duo de correcteurs. Double-emploi caractérisé, d'après le rapport d'audit. Tout compte fait, supprimant son poste, on baisserait de 3,5 % le coût de revient de la fabrication. Léopold n'était donc pas quantité négligeable. Pour preuve, son départ libérait un quotient bénéficiaire, à la marge. Et on l'en remerciait, tant au sens propre qu'au figuré.

Une perte sèche de revenus, noyée dans 50 centilitres quotidiens de whisky, clochardiserait n'importe qui en moins d'un trimestre. Léopold toucha le fond, crut remonter en surface, repiqua, et ainsi de suite selon l'étiage des bouteilles qui s'alignaient au pied de son canapé-lit.

Chez le dauphin, les plongées n'excèdent jamais les quinze minutes d'affilée, bien que chez *« l'euthérien carnivore »*, le système respiratoire soit réputé pour sa forte tolérance au dioxyde de carbone. À n'en pas douter, le hasard malheureux qui mit en regard une notule consacrée aux *« mammifères vivipares »* et le licenciement de son relecteur n'avait rien eu d'arbitraire. D'autres éléments morpho-psychologiques coïncidaient.

Dans les pires moments d'ivresse, Léopold évoluait à l'aveuglette, comme son semblable en apnée, sur les fonds marins de la moquette, y ondulait à plat ventre, ne se fiant qu'aux réverbérations de la radio FM de son voisin du dessus. Troublantes similitudes avec l'ouïe hypertrophiée du *« cétacé homodonte »*, qui, doté d'un sonar inné, devine à des kilomètres à la ronde le moindre récif corallien. En sa nuit noire éthylique, Léopold aurait presque juré qu'il se repérait parmi le dédale de son deux-pièces cuisine grâce au champ magnétique qui hante le cortex delphinien. Et que cette sensibilité latente aux fréquences sonores l'aidait à éviter bien des obstacles – tables basses, tabouret, lampes halogènes – et à ne pas rentrer dans sa chambre par la porte du frigidaire ni échouer à sec dans sa baignoire en cherchant le repos sur l'atoll de ses draps empuantis de sueur. Léopold se prenait déjà pour un dauphin, mais il ne savait encore à quel point c'était vrai.

D'anciennes relations de travail, inquiètes de sa décadence soûlographique, aggravée d'un célibat asexué, finirent par lui trouver une place en or dans un quotidien national. Il réviserait la copie d'une poignée de pigistes spécialisés dans le mélodrame urbain : *sex and drugs and crash* de bagnoles. Sitôt engagé, Léopold donna satisfaction. S'il n'était pas toujours d'aplomb à l'heure du bouclage, le rédactionnel n'avait jamais été mieux relu et corrigé. Hors les heures ouvrées, il pouvait bien picoler du moment que son haleine suspecte n'interférait pas. Pour services rendus aux plus illettrés de ses chefs, on le nomma secrétaire de rédaction. Il assumerait désormais les titres et légendes iconographiques des pages « Société ». C'était mal le connaître. Pareille promotion, hors les strictes limites de ses compétences, le pousserait plutôt à la faute.

À force de trinquer, tard le soir, avec les moins sobres des pisse-copie, Léopold s'aperçut qu'ils professaient en privé des opinions incompatibles avec leur prose. Certains s'abrutissaient même pour oublier ce vœu d'autocensure reconduit jour après jour. Or l'examen minutieux de leurs papiers du lendemain permettait de deviner leurs moindres cas de conscience. Dès qu'ils se parjuraient, démentaient, contredisaient pour se faire bien voir, leur âme se faisait violence, leur attention se relâchait, et les bourdes abondaient. À chaque coquille correspondait donc un petit mensonge par omission ou antiphrase.

Au bout d'un mois ou deux, la mauvaise foi journalistique n'eut plus de secret pour Léopold. Repérant partout ces lapsus orthographiques, qui valaient pure et simple dénégation, il accédait enfin au contenu paradoxal de la Presse, mais par une voie détournée, torve, et forcément périlleuse. Même s'il se gardait bien de faire part à quiconque de sa petite idée sur la désinformation, il perdit le peu de respect que lui inspiraient encore ses confrères. Dès lors, il devint, presque contre son gré, l'ennemi intérieur de la rédaction, tel un virus informatique en attente d'activation.

Lui offrir la responsabilité de la titraille sur six pleines pages, c'était prendre un risque. On n'en mesura les conséquences qu'au bout de quelques semaines. Toujours rétif à la visée informative de chaque pavé typographique, Léopold se contenta d'extraire desdits articles un bout de phrase en caractère gras. Ces brèves citations firent d'abord illusion. Mais de proche en proche, il se recentra sur les noms propres. Jusqu'au jour fatidique où, inspiré par les seuls noms de marque, il fit au journal entier une terrible contre-publicité. Chaque fait divers portait le titre d'un sponsor involontaire. Ainsi la pige sur un défunt surfeur hors-piste était-elle chapeautée d'un seul mot : ROSSIGNOL. Celle rapportant le décès par asphyxie d'un sans-papiers : AIR-FRANCE. Une autre, évoquant le déstockage du sang contaminé vers des pays du tiers monde : LABORATOIRES MERIEUX. De même, un éditorial à propos de la violence sexuelle en milieu scolaire périurbain : NIKE, *juste fais-le.* Sans parler d'un grand papier touchant aux filières transalpines du dopage chez les cyclistes : *Couleurs unis de* BENNETON. Ni du reportage exposant les maltraitances subies par deux dauphins transférés illégalement en France par une chaîne hôtelière : AQUALAND, IBIS *and* CIE. Etc.

Mis à pied pour « faute lourde » dès le lendemain, Léopold invoqua une improbable « clause de conscience », en l'occurrence la loi du 25 juillet 1995 prohibant « la capture, le transfert et l'utilisation commerciale des cétacés » sur le territoire français. Vu sa fragilité mentale ainsi révélée, on lui concéda un licenciement économique, soit six mois de salaires prorogés et un an d'allocation chômage. Payé, pour la première fois de sa vie, sans contrepartie laborieuse, Léopold entama une sorte de psychanalyse livresque.

Six mois durant, il dévora tout ce qui se rapportait à ses lointains ancêtres, les mammifères marins. Au terme de cette plongée introspective, il crut reconnaître la déficience congénitale dont il souffrait : chez le dauphin, la respiration n'est pas une activité réflexe ; il doit sans cesse penser à s'oxygéner sous peine d'asphyxie. D'où cette secrète division cervicale du travail : le dauphin ne dort jamais qu'à moitié, un hémisphère après l'autre. Et, faute d'arriver jamais à prendre congé de l'air du temps, il ne peut s'adonner au sommeil dit paradoxal. Pour lui, rêver, ce serait mourir à petites bouffées. Léopold prit cette découverte très au sérieux, d'autant qu'il se sentait le souffle de plus en plus court, boisson et tabagie aidant.

Désormais, il cumulait certaines corrections en extra, non déclarées, et la pension mensuelle des ASSEDIC. L'un dans l'autre, il s'en tirait mieux qu'avant et s'autorisait même des dépenses inédites – cinéma, restaurant, etc. –, mais toujours en vieux garçon : à mi-chemin de sa quarantaine déjà. On lui proposa un énième stage de reconversion dans les métiers de la Kommunication. Il n'en avait que trop refusé jusqu'ici. C'était le moment ou jamais, sous peine de radiation.

Dès le premier module d'auto-évaluation, le formateur se référa à une méthode d'origine anglo-saxonne. La providence voulut que l'exposé liminaire touchât en Léopold un point qu'on sait sensible : « Le requin voudrait gagner à tout prix. La carpe voudrait coûte que coûte éviter de perdre. Le premier s'obstine à dévorer l'autre ; la seconde se contente de ne pas être avalée. Ces deux modèles symboliques n'auront plus cours au XXIe siècle. Seul l'aura exemplaire du dauphin permettra aux managers de demain de retrouver une inspiration créative... »

Ce n'était qu'un bla-bla métaphorique et routinier, mais qui suffit à ébranler Léopold. Une nouvelle faille s'insinuait dans sa rationalité, déjà mise à rude épreuve par d'autres intuitions délirantes. « Excluant l'agressivité et le renoncement, le dauphin se meut avec souplesse parmi les vagues du changement rapide ; il use de ses outils d'orientation personnels en plein milieu de la vague ; il sait survivre en apnée et remonter à la surface selon les flux et reflux des marchés financiers... »

Intérieurement, Léopold avait déjà perdu connaissance. Tout s'était évanoui en lui, sauf cette pensée rageuse : « Tu mens comme tu respires. » Et Léopold devait parler, comme pour vider une bulle d'air montée dans ses méninges.

– Sauf que les dauphins ne rêvent pas.

– Pardon Monsieur ?...

– Sauf que les dauphins ne rêvent pas.

– Ça Monsieur, c'est vous qui le dites...

– C'est prouvé, scientifiquement.

– Sûrement, mais je préférerais qu'on en discute pendant la pause...

– Sauf que les dauphins....

– S'il n'y a pas d'autres questions, je reprends.

– … ne rêvent pas.

Léopold campa sur sa position – « Sauf que… » cent fois d'affilée jusqu'à suffocation – avant d'être expulsé du séminaire par deux agents de nettoyage, alors occupés à récurer les toilettes de l'étage supérieur et enrôlés d'office pour calmer ce simple d'esprit. Il passa la journée suivante en observation à l'infirmerie spéciale de la Préfecture de police.

Paradoxalement, cet épisode malheureux lui avait remis les idées en place. Depuis lors, il se sentait mieux dans sa peau, ravi d'avoir saboté, presque malgré lui, son retour à l'emploi. Et surtout, rassuré par certaines paraboles qui lui servaient d'idées fixes. Comme tout le monde, Léopold inspirait et expirait des flux monétaires et, pour ne pas déchoir socialement, il ne cessait d'y penser. Par peur de manquer d'oxygène en liquide – disons le *cash* de son salaire –, il avait attribué à ses cloisonnements cervicaux des tranches horaires. Et, une moitié de sa journée après l'autre, il se condamnait à être le chômeur partiel du correcteur qui veillait en lui. Le dauphin Léopold était devenu sa propre main-d'œuvre respiratoire. D'où ce manque à gagner vital : aucun rêve, ni diurne ni nocturne, ne l'animait plus.

L'examen risquait de lui coûter ses dernières économies, mais Léopold voulait en avoir le cœur net. Rendez-vous pris au service de neurologie d'un grand hôpital parisien, on lui posa une séries d'électrodes sur le scalp, le pourtour des yeux et la base du menton. Reliés au moniteur polygraphe, les capteurs purent ainsi repérer sur le sujet bourré d'anxiolytiques une première phase de sommeil paradoxal : tonus musculaire facial, suractivité oculaire, augmentation du débit sanguin et érection triomphale. Preuve s'il en était que Léopold, même à son insu, rêvait nettement plus que la moyenne : en tout 23 % de la durée globale de son endormissement, soit le potentiel onirique des félins domestiques, ces oisifs perpétuels.

Fort de ces résultats, Léopold fit ses comptes. Jusqu'ici, on l'avait dépossédé d'au moins un quart de son existence, quoique ce calcul mesure mal l'ampleur d'une dynamique spirituelle qu'il s'était vu contraint de nier pour survivre. Il ne lui restait qu'à se choisir une autre terre d'asile, l'Angleterre, par exemple. Léopold entreprit donc, selon un vœu trop longtemps différé, de traverser la Manche à la nage. Mais dès cet instant, nul ne saurait faire la part en lui de la réalité et des invraisemblances fantasmatiques. S'étant procuré une combinaison de plongée et un dictionnaire bilingue glissé dans un étui étanche, Léopold rallia en brasse coulée la côte britannique.

Le lendemain, il entrait dans les bureaux londoniens de *Greenpeace*, une Œuvre de bienfaisance écologique. Six mois plus tard, il songeait déjà à prendre la direction de ses sections européennes. Le moment était venu d'en modifier les statuts. Il proposa d'élargir leur visée protectrice à l'ensemble des bêtes de somme et autres animaux précaires, humains compris, bref à toutes les espèces commercialisées au dépens de leur imaginaire. Jusqu'à preuve du contraire, la négociation est toujours en sommeil, Léopold aussi.

Désincarnation du garçon-boucher

Après les boucheries hippophagiques, ce sont les triperies qui ferment boutique. Partout les bas morceaux désertent l'étal. Sur la bête d'abattage, le client ne veut plus considérer que la chair débitée en tranches uniformes. Du coup, il ignore superbement le reste : foie, cœur, langue, rognons, etc. Question de goût, paraît-il. Question de coût aussi pour ceux qui, s'obstinant à chercher une denrée hors de saison, la trouvent désormais hors de prix. Le carnivore moderne aime que la chair soit rouge ou blanche, mais délivrée du mauvais goût des moindres viscères, abats ou glandes, rien qu'une abstraction de bidoche. Et sans tripes ni cervelle surtout, qui perdraient à la pesée leur supplément d'âme métaphysique. L'amateur de steak déteste remâcher l'idée qu'en des organes aussi vulgaires résident ses propres fonctions vitales. Il préfère la viande morte.

C'est, en substance, ce que m'a confié un garçon-boucher diplômé de justesse, recruté comme cuistot, congédié cinq mois plus tard. Et pour cause. Appelons-le Pierre, par commodité.

Pierre, dix-sept ans, bossait dans l'arrière-cuisine d'une brasserie de sous-préfecture. Une fois son CDD redéterminé, il eut le mauvais goût de s'absenter trois semaines en réanimation. Son patron supputa un bénin souffle au cœur, le médecin-chef sonda une durable malformation cardiaque ; insuffisance mitrale. Sans que son cas ne nécessite ni greffe ni pacemaker, il risquait un jour ou l'autre une rechute. Sur le rapport médical, un psychologue évoquait d'autres effets secondaires : troubles mémoriels épisodiques et phases dépressives à moyen terme.

À sa sortie d'hôpital, Pierre s'aperçut qu'on l'avait déjà remplacé par un apprenti. On ne le trouvait plus assez fiable. Pour les tâches musculaires, le convalescent aurait sans doute eu autant d'abattage qu'avant, mais selon le restaurateur, « il n'avait plus les tripes de se défoncer aux fourneaux, ni le cœur à l'ouvrage, ni la tête à ça… ». C'était un cas de licenciement anatomique ; désormais, il lui manquait certains organes pour remplir sa fonction. Pierre se sentait comme un poulet vidé en sa carcasse, bref *« démotivé en profondeur »* conclut l'ancien patron sur le formulaire de l'inspection du travail.

Promotion ethnique

Quand les villes se fermaient avec des portes, il y avait des soldats du guet. Au début de *Hamlet*, Shakespeare leur prête un dialogue de sourd : « Qui va là ? » dit l'un ; « Non, toi, réponds », dit l'autre. Ces veilleurs nocturnes allaient par deux, une paire de questions sans réponse, mais non sans répondant. À présent, des « hordes délinquantes » campent à nos périphéries, et une multitude de vigiles aussi, balisant le Plan d'Occupation des Sols d'une guerre civile devenue commerciale.

J'écris vigiles au pluriel, je n'aurais peut-être pas dû puisque la dernière génération de vigile se sait solitaire par définition même. Un par un, ils sont à l'entrée d'un fast-food pour jeunes, fripier pour jeunes, disquaire pour jeunes, etc. Esseulés, ils ne risquent guère de se demander qui ils sont. Pieds et mains liés à l'image qu'ils produisent sur le client, ils ne cognent pas comme le maître-chien de parking ou le nervi de concert rock, eux se contentent de frapper l'imagination, celle du jeune déguisé en jeune.

Mais le vigile dernier cri doit aussi être *black*. En d'autres temps, les dandys d'Action française trouvaient déjà chic et pas cher d'aller s'offrir en banlieue les services de boxeurs africains qu'ils faisaient parader au quartier Latin. Le phénomène s'est largement démocratisé depuis. Tout bon sauvage mérite sa promotion ethnique : vieux tabou et nouveau totem font désormais la paire, en soldes monstres. Et la moindre boutique à la mode d'arborer son afro-fétiche à l'entrée, du bon prétexte humaniste en vitrine.

Il suffit que j'aperçoive un de ces gorilles en blazer bleu marine pour que je baisse les yeux de peur d'avoir honte, et inversement. Sur leur écusson réglementaire, une seule marque déposée : *Nègre* ©.

Cela dit, aux puces de Vanves, la cote de leurs ancêtres ne cesse de grimper : ces caricatures posthumes de Sénégalais morts pour la France, grooms revus et corrigés par les publicités Banania, figés dans la vitrine des antiquaires en smoking et en bois peint.

Brigades d'interversion

Deux grèves qui se chevauchent, et c'est tout un monde, en sa routine, désarçonné.

Cette semaine-là, plus un métro à quai, ni aucun cours à l'Université, Paris s'inventait un autre transport en commun, la palabre illimitée, entre zinc et trottoir. Pour conjurer l'occupation de leurs locaux, les facultés avaient instauré des congés anticipés. Du coup, nul ne savait plus dans quel camp ranger les étudiants, grévistes ou non, puisqu'ils étaient tous restés chez eux. Ces vacances forcées sonnaient l'heure des examens de conscience : bachoter ses partiels devant la télé ou conchier l'ordre social en famille, ce qui revient au même.

D'ici la reprise des cours, les candidats aux diplômes avaient l'embarras du choix : entre zèle scolaire, contrat d'intérim et vidéo-relaxation.

En ce qui me concerne – bac+9 sans emploi fixe –, je flânais sur deux roues aux abords de Paris. J'en vins à longer les préfabriqués d'une fac de la banlieue nord. Sur une palissade en tôle ondulée, une phrase calligraphiée à l'aérosol rouge vif :

PLUS JE FAIS LA RÉVOLUTION,
PLUS J'AI ENVIE DE FAIRE L'A...

Le fin mot de l'histoire était caché par une camionnette dont les feux de détresse clignotaient. Non loin du fourgon : deux silhouettes aux allures de conspirateurs du seul fait qu'ils portaient des foulards à mi-visage et versaient sur des chiffons le contenu d'une bouteille semblable à celle de white-spirit. Qui étaient donc ces fantômes ? De vieilles utopies corsaires soudain réincarnées ? Ou quelques visionnaires clandestins dont chaque siècle aime à se hanter ? Pour qui œuvraient-ils ? L'avant-garde d'un poétariat de masse ? Ou l'amicale des pétroleurs anarchochroniques ?

Arrivé à leur hauteur, je déchantai. Le duo de vengeurs masqués ne faisait que passer un solvant sur les bombages épars. Anatomiquement, on aurait dit Laurel et Hardy. Politiquement, j'avais plutôt affaire aux pâles doublures du Quichotte et de Sancho, effaçant comme des enragés le remake grotesque d'une époque révolue…

À l'intérieur du bâtiment universitaire, la même imitation de slogans familiers, trop familiers. Partout le décalque bêta des propos fleuris d'un ancien mois de Mai, remis au goût du jour, en vert fluo. De ces graffiti sauvages ou de leur érudit graphiste, qui était le plus attardé ? « C'est dans les vieilles marmites qu'on fait la meilleure soupe », *dixit* Mao Zedong. Faute d'y cracher, cet agité de l'agit-prop commémorait une idée posthume de la révolte en son musée officiel. Autant prendre un bol d'air.

Dehors, les effaceurs d'encre semblaient sur le départ. L'odeur du décapant industriel (en l'occurrence, du dichlorométhane, de l'acide formique et du phénol dissous à 98 %) ravivait d'autres souvenirs : l'atmosphère suffocante qui succède aux salves de grenades lacrymogènes. Goguenards, ils me virent reculer, grimaçant, puis tordu en quinte de toux. Eux avaient dû s'habituer aux vapeurs toxiques, en attendant qu'un médecin du travail leur découvre une déficience respiratoire quelconque. Gazés à petit feu jusqu'à la pension d'invalidité. À moins que ces effluves, qui rappelaient l'entêtant parfum des colles à Rustine, n'aient fini par les hisser dans d'incertaines lévitations mentales. Drogués, jour après jour, à la tâche.

Les deux acolytes remballèrent leur matériel dans la camionnette. Sur ordre municipal, ils étaient censés faire disparaître les « obscénités donnant sur la voie publique », mais ils n'avaient pas poussé le zèle assez loin. Du slogan aperçu de prime abord, demeurait cette version écourtée :

PLUS JE FAIS
PLUS J'AI ENVIE DE FAIRE

Le lendemain, suite au déplacement du chantier, d'autres ouvriers crurent bon d'intervertir les plaques de tôle ondulée. Désormais, sur la palissade réagencée, les lettres majuscules improvisaient un nouveau mot d'ordre, anagrammatique :

J'AI PLUS ENVIE DE FAIRE PLUS

Le dormeur debout

Un utopiste du XIXe siècle – disciple de Fourier sans doute – proposait ingénument que nous enfilions nos vestes de devant derrière. Ainsi l'espèce humaine serait-elle acculée à une solidarité minimale : chacun ayant désormais besoin d'autrui pour se reboutonner dans le dos. Cet espiègle penseur venait à son insu de réinventer le principe de la camisole de force. Puis vinrent les *camicie nere* de Mussolini, les chemises brunes, rouges, hawaïennes, les cols dits Mao… : un siècle de basse couture, souvent sur le même patron.

Gérard, lui, ne porte pas d'uniforme. Pourtant, il est vigile, télévigile plus exactement. Quand il prend son tour de garde, c'est à l'aide d'une carte magnétique, puis d'un code secret. Une fois dans le sas de sécurité, il signale sa présence au veilleur précédent. Ce dernier, enfin délivré, cède sa place, quitte les lieux sans oublier de verrouiller Gérard de l'extérieur. Dès lors, plus question de sortir tant que le guet suivant n'a pas montré patte blanche, répété la manœuvre et pris le relais. Plus de foutue pointeuse puisqu'ils ont, les uns envers les autres, tous intérêt à se pointer à l'heure. La ponctualité, ils se la doivent mutuellement. Entre employés, la confiance règne jour et nuit sur un cercle vicieux et quelques vidéos en circuit fermé.

La vigie moderne est pure présence, seule sa liberté surveillée le travaille.

Il en aura fallu des meurtrières, donjons, miradors avant d'inventer le meilleur poste d'observation : le téléviseur. À ce propos, dans certaines habitations à loyer modéré, un câblage interne offre, outre les programmes des chaînes nationales ou étrangères, un énième canal où les habitants ont tout loisir de surveiller leur parking, boîtes aux lettres, cabine d'ascenseur, en direct. Braquées à tous les étages, ces caméras ont un effet, paraît-il, dissuasif. On aurait tort pourtant de gloser sur pareil dispositif de délation : « *Big brother is just watching him-self.* » Bambins, retraités, ménagères et autres inactifs officiels passent trois heures par jour, en moyenne, à mater l'image fixe de leur hall d'entrée. Un seul plan séquence sans fin ; dernier avatar du cinéma du réel. Et chacun a pris goût, devant sa petite lucarne, à ce rendez-vous quotidien avec le néant.

Gérard vit dans le même sas intemporel, en bras de chemise, oisif à double tour devant ses moniteurs de contrôle. Au début, il dépendait d'une compagnie d'ascenseurs, mais les incidents, trop fréquents, l'obligeaient à rester sur ses gardes. Chaque nuit, sans fermer l'œil, il traitait une quinzaine d'urgences : des inconnus bloqués entre deux étages. Ensuite, Gérard est passé au service sécurité des hôpitaux parisiens. Même suspense insomniaque. À la moindre panne, des vies en dépendaient, surtout en cas de rupture de la chaîne du froid pour les transplants, greffons et lots de paillettes des centres d'insémination. Chaque procédure d'alerte ne souffrant aucun retard, le poids des responsabilités maintenait Gérard dans une crispation anxieuse, ni mort ni vif, un peu des deux à la fois.

Recruté, il y a moins d'un an, par une société concurrente, il supervise désormais les alarmes d'un millier d'agences bancaires. Mutation de tout repos, semble-t-il. Aussi Gérard a-t-il pris l'habitude de m'emprunter des livres, en attendant l'alerte. Depuis lors, il a dévoré les œuvres complètes de Jean Genet, sans qu'aucun malfrat n'en ait profité pour tromper son peu de vigilance. À l'insu de ses patrons, il a même fait un enfant – dans leur dos, précisément –, avec l'hôtesse de sécurité qui, quatre nuits blanches par semaine, avait Gérard en point de mire sur un écran mouchard. D'un poste annexe, lui aussi pouvait la surveiller de très près.

Ils se sont imaginé des choses en noir et blanc, croisés au détour d'un couloir, revus dans un café, déboutonnés ailleurs.

Leur nouveau-né se prénomme Maxime.

Réactions épidermiques

La manche droite de son pull-over boudinait bizarrement, cachant mal aux yeux des clients un sphygmomanomètre, autrement dit un brassard pneumatique fixé à hauteur de biceps, comprimant le muscle toutes les quinze minutes. L'air de rien, ce marchand de journaux tentait un sondage à huis clos. Mesurer les hauts et les bas de toute force de travail sur un échantillon restreint : lui-même. Planté derrière sa caisse, il sondait sa tension artérielle. Le soir même, son généraliste avait dépouillé les résultats. On y repérait aisément deux pics d'hypertension alarmants : aux aurores et en début d'après-midi. Dans le premier cas, entre six et huit heures du matin, le stress des livraisons expliquait à lui seul le brusque écart relevé. La pression du labeur équivaut tout bêtement à celle du sang dans les veines. Le holster tensionnel – les médecins l'appellent aussi de la sorte – n'est sans doute qu'un simple étui, mais il laisse présager qu'au boulot chacun peut devenir un flingue contre soi-même braqué.

Charles souffrait donc de surmenage matinal. Mais le second pic demeurait sans motif apparent. À l'heure de la sieste, il avait même baissé le rideau de fer et feuilleté quelques magazines dans l'arrière-boutique. Rien qui puisse expliquer le brusque accès de tension. Quelques jours plus tard, il revint à l'esprit de Charles que sur le coup des deux heures, le brassard s'était mis à le gêner, puis démanger, enfin littéralement à le faire suer.

D'où ce diagnostic tardif : le mouchard cardiovasculaire n'avait enregistré qu'une trompeuse réaction secondaire, une affection cutanée due au contact de la chambre à air. Gonflé puis dégonflé à heure fixe, Charles s'était gratté machinalement et ce prurit nerveux lui avait fait perdre son sang froid. Mais est-ce un cas si particulier ? Tout cobaye contracte des allergies au contrôle continu de ses faits et gestes. Les fauves du zoo souffrent de pelade. Les mannequins, de torticolis. Et les vendeurs sous vidéo-surveillance, d'eczéma persistant. On imagine sans peine que tensiomètres, chronomètres et contremaîtres ont partout le même effet, urticaire.

L'oisif de mauvais augure

Issu d'une lignée de garde-barrière, Romain a raté de peu le dernier train qui l'aurait conduit à la ville avant l'abandon de la ligne ferroviaire traversant sa commune natale pour desservir la bourgade voisine. L'exode rural l'a laissé sur le quai. Depuis, il végète dans un hameau de neuf habitants : sa famille en somme. Tous cheminots à la retraite, sauf le frère aîné, chauffeur-livreur de fioul, et la grande sœur, employée dans un centre d'insémination bovine. Romain, lui, se destinait aux métiers horticoles, mais, sans diplôme ni biens fonciers, il a dû s'improviser épouvantail pour oiseaux de nuits.

Quatre fois par semaine, il garde l'entrée d'un dancing, aux abords d'une sortie d'autoroute. Derrière la porte blindée, sa silhouette mal dégrossie arbore les vertus d'une pesanteur dissuasive. Il faut être plein de sa propre inertie pour jouer au videur. Sobre aussi, pour conserver huit heures d'affilée l'aplomb énigmatique d'un monstre froid. Et presque invertébré à mesure qu'on développe en soi des dons d'immobilité propres aux mollusques, aux arachnides et aux tiques du chien. Et nyctalope enfin, comme chat ou chouette, pour distinguer dans la pénombre le client standard de ses ersatz parasites (efféminé notoire, maghrébin de sexe mâle, insolvable récidiviste, handicapé moteur, comateux éthyliques et autres « emmerdeurs-nés »)

L'exercice hebdomadaire de la sélection naturelle en milieu rural a voué Romain aux mutations imperceptibles d'un complexe de supériorité. De portier physionomiste, il en est devenu démiurge. À force de trier parmi l'humanité de passage les spécimens viables selon leur classe d'âge, volume musculaire, gueule de l'emploi, compte bancaire, angle facial, etc., il s'est exclu du lot. Et sa neutralité de circonstance a fini par le rendre insensible au commun des mortels.

Au petit matin, Romain retourne dans le hangar désaffecté de la SNCF où il a sauvagement élu domicile malgré les avis d'huissiers qu'ont déjà reçus ses parents. Et là, le veilleur mercenaire de night-club poursuit entre quatre murs de briques ses expériences darwiniennes par d'autres moyens.

Apprenti colombophile dès l'âge de treize ans, il avait soumis ses premiers ramiers fuyards aux concours de vitesse, avant d'abandonner ce hobby de retraités franco-belges pour faire bande à part, lui et ses volatiles. Reclus en sa volière, il ne se contente pas d'observer les parades amoureuses de ses protégés : pigeons pattus, nonnains, cavaliers, polonais, culbutants, gros ou petits mondains. Il suscite entre géniteurs et génitrices des croisements de race et étudie, génération après génération, les lois de l'hérédité qui déclinent les coloris de leur plumage.

Avant éclosion, Romain sait désormais prévoir le motif et la nuance de gris sur les ailes du futur pigeonneau, sinon tel dégradé vert, jaune d'or ou violacé au pourtour de son col. Nourriture et entretien lui coûtent presque la totalité de sa paye, sans compter les faux frais de sa propre subsistance, pourtant rien ne saurait plus le distraire de cet élevage clandestin.

Si Romain se proclamait peintre, sculpteur ou même plumitif, les gens du voisinage trouveraient quelques excuses à ce bon à rien. Mais son œuvre est d'une espèce vivante qui se reproduit toute seule et contrevient, en outre, aux règles élémentaires de l'hygiène.

Une mise en demeure ayant déjà été signifiée par voie de justice, les forces de l'ordre ne devraient plus tarder à libérer l'oisif de sa cage.

Flux migratoires

« Après l'école, je vais au frigidaire et je me prépare un toast pour aller dans ma chambre. Dîner tous ensemble, je ne me souviens pas d'avoir fait ça. Papa, il est souvent ailleurs et maman avec sa télé. Chacun ses sandwichs, c'est plus commode. Je sais qu'en France ce n'est pas normal de dîner debout. Vous préférez vous asseoir pour manger la même chose en même temps. Chez nous, ça dure presque six mois l'hiver, alors si on restait le midi et le soir à table, on n'aurait rien de nouveau à dire. On se croise devant le frigidaire, et ça suffit. Il y a longtemps, les Romains prenaient leurs repas couchés, comme moi. Le français aussi, je l'ai appris au lit. Maintenant, je peux rêver dans les deux langues. »

Elle cherchait ses mots entre deux tafs de Marlboro rouge. Seize ans déjà et une timidité qui partait en volute de fumées.

La brune Solveig était rondelette comme les autres demoiselles réparties sur six compartiments, presque le wagon entier du train, parti de Suède et qui venait de s'engouffrer dans les soutes d'un ferry, avant d'accoster sur la rive allemande et de cheminer jusqu'à Paris, gare du Nord. Encore une douzaine d'heures à grignoter des chips et des barres chocolatées. D'une extrémité du couloir, j'épiais le petit aréopage de boulimiques discrètes n'ayant jamais vécu qu'entre les repas. À écouter Solveig, la seule intoxiquée du lot qui, en veine de confidences, allumait clope sur clope, on aurait dit une orpheline de longue date.

Ni père ni mère, un frigo.

« Self-service œdipien », me suis-je dit, mais c'était presque gênant d'entendre mes propres préjugés s'exprimer par sa bouche. Solveig avait besoin de renier ses origines, d'exorciser l'ennui de paysages congelés d'une année sur l'autre. Et la solitude d'une cohabitation muette avec ses géniteurs. Elle avait envie de perdre les peaux mortes d'une existence reptilienne. D'oublier son sang froid sous d'autres latitudes. Et ses semblables, lorgnant de loin notre conciliabule, n'en espéraient pas moins. Cinquante miss Bovary acnéiques et replètes qui, rompant les amarres, se laissaient gagner par l'excitation d'un exode volontaire. Elles ne désertaient pas seulement leur pays natal, elles sortaient comme pour la première fois d'une chambre d'enfant, ce refuge solitaire où toutes avaient boulotté, téléphagé, bouquiné de la romance et distrait leur puberté somnolente devant le poster mural d'un *latin lover*.

J'avais sans doute affaire à une colonie de vacances. Pourtant, aucun moniteur n'était du voyage. Si bien que je me trouvais être le seul adulte aux environs, témoin distant d'un relâchement général et du petit manège qui me prenait maintenant pour point de mire : une jouvencelle à demi indécente surgissant d'un compartiment avant d'y replonger tête la première, mais les cuisses soudain entravées par une culotte que de petites mains facétieuses venaient de mettre à bas. Le tout ponctué d'un crescendo de jappements nerveux ou de rires cristallins.

Le voyage touchait à sa fin, et les vertus de l'autodiscipline cédaient à d'autres émois. Livrée à elle-même, la sarabande féminine gagnait en audace, alternant furtives exhibitions et courses folles d'un bout à l'autre du wagon. Sauf Solveig qui, sans me quitter des yeux, poursuivait un monologue intérieur et entamait son second paquet de cigarettes.

À quelques minutes de l'arrivée, j'appris que Solveig était en apprentissage, dans la filière « Restauration et Hôtellerie ». Un moindre mal à ses dires, comparé à d'autres voies de garage, d'autant qu'elle se sentait la vocation. Sinon, comme partout en Europe, pour un bac moins deux ou trois, c'était balayer des mèches de cheveux dans un salon de coiffure ou saisir du texte au kilomètre sur écran.

Ses jeunes collègues avaient fait le même choix : cinquante Lolitas mal dégrossies venues s'initier aux arts culinaires franco-français. Toutes ravies d'avance rien qu'à l'idée de bons petits plats exotiques. Comme d'autres enterrent leur vie de garçon au bras de putains étrangères, elles allaient perdre leur mauvais goût de jeunes filles, mettre les pieds sous la table et humer des arômes jusque-là interdits. À moins qu'on ne leur réserve à Paris d'autres corvées : pluches le matin, rush le midi, plonge le soir. Et tant pis si l'appétit monstre de leur âge préférait se bercer de songes creux quoique gastronomiques. Je les voyais déjà en ouvrières de bas-fourneaux, courbées à la tâche. Saintes par gourmandise, mais prédestinées au bénévolat d'arrière-cuisine.

J'ai reconnu Solveig à la caisse d'une boulangerie, six mois plus tard. Elle venait d'achever sa formation. Sevrée de sa dose tabagique, elle avait encore pris des rondeurs et perdu le sommeil. Ses cernes violacés jusqu'à mi-joues disaient les nuits blanches passées à pétrir, fariner, puis enfourner ; et les après-midi studieux perdus à parfaire sa culture générale : Solveig avachie comme ses camarades de classe sur des tables de bois trop dur pour sommeiller vraiment. À l'issue du stage d'insertion, elle comptait se placer ailleurs, chez un fournisseur de pain industriel. Jusque-là, on ne lui avait concédé que deux cents francs par semaine, et encore, cela dépendait du fonds de caisse.

Dans le fournil où elle s'était improvisée mitron, la température dépassait parfois les quarante degrés. Pourtant Solveig avait froid. Elle a psalmodié le mot « froid » dans le vide, avant de m'expliquer. C'était une sensation qui lui revenait de loin, un engourdissement âme et corps confondus, l'hibernation de son enfance six pieds sous terre. Et chaque heure de travail comme un mètre de neige au-dessus de sa tête.

Alors Solveig se verrait bien ressusciter baby-sitter, en attendant d'émigrer plus au sud. Et de faire des enfants avec un Italien, au moins quatre s'il était d'accord.

Harcèlement textuel

La dactylo des *sixties* portait lunettes et minijupes. Du moins, à tort ou à raison, l'a-t-on fantasmée telle : obéissant au doigt et à l'œil derrière sa machine à écrire et, par extension, soumise à tous les aléas. Vernie des ongles et pleurant parfois du Rimmel. Sainte secrétaire de l'ère précédente, d'avant l'ordinateur, si inutile qu'elle ne sert plus désormais que d'alibi érotique. En comprimant ce personnel, on a dégonflé bien des poupées et perdu tant d'occasions d'adultère qu'on en viendrait presque à maudire ce puritanisme bureautique dévolu aux plaisirs solitaires de l'écran. La division génitale des tâches n'avait-elle pas ses à-côtés récréatifs ? À sens unique, soit. Pour les employeurs, il est des gains de productivité plus frustrants que d'autres.

Fini, donc, le harcèlement textuel. Et après ? Quelle utopie nous guette ? Tous clavistes unisexes, libres de se scanner la tête en direct. Chacun œuvrant pour soi par soi, et se tapant sans rechigner les corvées tapuscrites. Tant mieux. L'abolition du secrétariat, qui s'en plaindra ?

Trêve de béatitude post-moderne. Les dactylos sont de retour, mais à distance, corvéables par de nouvelles vertus télématiques. On les a délocalisées aux confins d'un arrière-monde en développement : de Madagascar au Maroc en passant par l'Île Maurice. Quand on n'a pas choisi de confier la tâche aux innombrables détenues de Chine populaire ou de Corée du Nord. Pour preuve, ces milliers de modes d'emploi, contrats d'assurance et rééditions littéraires saisis au kilomètre par des demoiselles qu'en France métropolitaine on qualifierait hâtivement d'analphabètes.

Déjà, les éditeurs y trouvent leur compte : en moyenne, ces clavistes, souvent mineures et peu francophones, conjurent mieux les pièges orthographiques que les plus éduquées de leurs pareilles : une bourde tous les mille signes, en moyenne. Et dix fois moins encore après double saisie. Comme quoi, la reconnaissance pavlovienne de chaque caractère déjoue les erreurs d'une transcription plus réfléchie, sujette aux faux-amis, mots-valises et lapsus jubilatoires. Ces néo-dactylos indigènes, sans faux-cils ni lipstick, faute d'avoir, pour nous, un visage à farder, saisissent manuellement l'au-delà du Progrès : un illettrisme requalifié. Existe-t-il cependant d'autres façons d'apprendre à taper à la machine que de se confronter à un clavier aveugle ?

À quatorze ans, j'ai fait pareil, couvrant d'un bout de sparadrap les lettres et chiffres inscrits sur chaque touche. La meilleure méthode qui soit. Une heure de pianotement par jour et quelques crampes entre phalanges, phalangettes, phalangines. Deux mois plus tard, mes dix doigts se pliaient à l'unisson aux folles cadences de la frappe réflexe. C'était la seule façon de soigner ma dyslexie graphique et une allergie précoce aux dictées en lignes droites. J'ai même fini par y prendre goût, sans décoller pour autant les 46 caches de sparadrap de mon clavier.

Mais les petites mains en sous-traitance sont vouées à d'autres écritures automatiques. À saisir machinalement ce que leur conscience, les yeux comme bandés, n'aura jamais l'occasion de saisir. Du moment qu'elles demeurent à leur juste place, dans un seul tiers du monde, entre signifiant et signifié. Qui croisera jamais le regard d'une de ces assises perpétuelles, recopiant à tâtons, fatigue rétinienne oblige, *« ton nom, liberté »*, parce qu'un littérateur monotone a pondu ces mots-là au gré de l'académisme poétique des années 40 : *« Liberté, j'écris ton nom »* ? Qui devinera dans un recoin du blanc d'œil le reflet illisible de ce mot : « *liberté* », une ligne sur deux, « *J'écris ton nom, liberté* », dix pages d'affilée. Sur l'écran, à n'importe quelle heure d'aujourd'hui, une inconnue aligne tant de fois de suite ton nom, *« liberté »*, *« liberté »*, *« liberté »*... sans faute. Et, à raison de cinquante centimes le feuillet de 1 500 signes, il lui faudra taper, à la virgule près, 428 fois ton nom, l-i-b-e-r-t-é, pour empocher un franc symbolique.

L'échantillonneuse

La semaine dernière, j'avais entre 35 et 50 ans. Promu cadre supérieur, mais divorcé, je fumais plus d'un paquet de blondes ultra-light par jour. Ce matin, on me donne à peine 25 ans : je m'avoue inactif, célibataire et amateur de boissons gazeuses sucrées. Il y a un mois, j'étais encore retraité, sans enfant et lecteur d'au moins trois magazines hebdomadaires. Depuis que je connais Sonia, il m'a fallu changer de statut social et de tranche d'âge au gré de ses exigences. Bouleverser mes habitudes aussi. Pour elle, j'ai tout été : buveur matinal de ricorée, zappeur d'après 23 h, amateur de plat exotique surgelé, de yaourt zéro-pour-cent ou de bière belge, féru de chansons francophones, petit parieur sur courses hippiques, grand voyageur en classe affaire, etc. Mais le bon plaisir de Sonia m'a soumis à d'autres volte-face humiliantes.

Du jour au lendemain, j'ai dû m'improviser caféinophobe, végétarien, couche-tôt, non-fumeur ou sédentaire. Sans parler de mes affinités politiques, si fluctuantes à son contact que je préfère ne plus me prononcer, mais les hommes dépourvus de convictions la laissant de glace, il me faut bien donner un avis sur tout et son contraire.

Sonia entretient avec plusieurs centaines d'individus des deux sexes une amitié sensitive et fusionnelle. Ses familiers savent où la trouver sitôt la nuit venue : dans un café de l'Est parisien. Chaque soir, elle est là, en orbite autour de son petit monde, jusqu'à l'ultime tournée générale. Parfois, la sarabande fraternelle dont elle semble l'épicentre vire au cercle vicieux. Alors, Sonia prend la tangente avant de réapparaître au comptoir, la semaine suivante. Inutile de sonder cette éclipse passagère, elle déteste exhiber ses trous noirs nombriliques. La famille adoptive qu'elle rameute au bistrot lui importe plus que tout. Et Sonia, à force d'altruisme sentimental, en cesserait presque d'exister à ses propres yeux.

À moins qu'il ne s'agisse d'un travers professionnel. Dans ce bar, Sonia gagne aussi sa vie. Elle y use de ses charmes, mais sans tenue affriolante, ni racolage déplacé, puisque l'échantillon de la clientèle nocturne, triée sur le zinc, ne comprend que des proches. Et entre amis de longue date, il serait inconvenant de monnayer son intimité. Au détour de la conversation, Sonia demande seulement à tel ex-amant ou telle confidente le droit d'emprunter son nom. Ensuite, elle détaille sur un bout de papier le profil et les goûts singuliers auxquels la personne est censée adhérer.

– Si on te rappelle pour le sondage, tu dis que tu es chef d'entreprise, tu as 42 ans, deux enfants, un lave-vaisselle et un four micro-onde… Promis ? T'oublies pas, je suis grillée sinon.

Ses nuits sont trop courtes, et Sonia connaît des réveils difficiles. On la voit revenir en terrasse vers midi. Sur sa table attitrée : trois ou quatre tasses, un plein cendrier et une pile de questionnaires vierges. Il est temps de rassembler les esprits qu'elle a dispersés la veille, dans ce même café. Deux heures plus tard, elle a déjà fini de remplir ses grilles à choix multiples, cochant les cases au culot, mais non sans personnaliser les réponses en série et ajuster leur vraisemblance à l'air du temps.

D'expérience, Sonia sait équilibrer son panel et, devinant quel subtil dosage on attend d'elle, s'en tenir à ce principe élémentaire : conforter le chef d'équipe dans ses intuitions de départ. Du coup, plus besoin de quadriller le quartier selon un parcours arbitraire, comme tant d'autres enquêtrices, sommées de tenter leur chance immeuble après immeuble, étage après étage, au porte-à-porte.

À l'en croire, Sonia n'a jamais rempli un seul formulaire hors les quatre murs du bar en bas de chez moi. Bien sûr, ses employeurs l'ont déjà soupçonnée de bidonnages au coup par coup, mais pas d'une imposture à si grande échelle. Pourtant, les appels de contrôle ne manquent pas. Dans les jours qui suivent le dépouillement des résultats, un téléphoniste contacte les interviewé(e)s – un sur trois en moyenne – pour recouper les informations délivrées par chaque sondeuse. Mais sans doute n'est-il pas de trafic plus difficile à démanteler que celui des amitiés pseudonymes.

À ce rythme, Sonia, tu auras bientôt atteint le seuil minimal des neuf cent quatre-vingt-dix-neuf complices représentatifs de l'opinion publique française. En te comptant parmi eux, tu figureras en millième place dans l'échantillon. Et comment, dès lors, éviter de te retourner la question : Sonia, t'aimes-tu *« assez »*, *« pas du tout »*, *« un peu »*, *« vraiment beaucoup »*. Il n'y a pas de mentions inutiles.

Satisfait ou remboursé

François éjecte la cassette, éteint le poste et va s'étendre sur le matelas, à côté de la cuvette des W-C.

Vue d'ensemble : un atelier de confection.

Travelling lent : trente hommes de couleur penchés sur des machines à coudre, sauf un blanc tatoué qui ébauche un signe de la main.

Zoom avant sur son avant-bras : un perroquet perché sur un cul de femme brisé comme un cœur.

Zoom arrière sur un pan de toile glissant sous la piqueuse.

Ce reportage, François l'a déjà visionné tant de fois qu'il ne sait plus sur quel bouton de sa télécommande appuyer. À l'arrêt, chaque plan se met à exister, mais dès que les images défilent normalement, c'est comme si on passait à côté.

Raccord sur l'homme tatoué, en buste. Lettrages vidéo :

Pablo Diaz (Prison de Soledad, Californie).

Interview : son direct en espagnol, sous-titres en français : « Je préfère ça à une journée complète en cellule. Et puis, si on bosse bien, ça compte pour les réductions de peine. »

Changement d'axe : « Un dollar de l'heure, c'est zéro, mais ça occupe la tête... Et si on boycotte, c'est le bloc d'isolement. »

Panoramique sur la réserve des stocks : des bleus de travail – vestes, salopettes ou pantalons.

Tant pis si cela doit prendre des mois, mais François arrivera à retourner ce petit film contre lui-même. Une lampe de poche sous les draps, et le voilà qui relit les notes qu'il a prises tout à l'heure.

Travelling latéral : murs d'enceinte du pénitencier.

Commentaire remixé hors champ : « Dans cet établissement pilote, l'esprit d'entreprise a son rôle à jouer, un rôle moral et social – les deux sont indissociables – qu'une majorité de ces salariés new-look semble approuver. Faudra-t-il un jour étendre la réhabilitation économique en milieu carcéral au-delà des limites du volontariat ? Il est encore trop tôt pour le dire. »

Générique de fin déroulé sur fond noir.

Depuis qu'on lui a livré un deuxième magnétoscope, François zappe ses nuits devant le poste et s'imprègne en boucle de son stock préenregistré. Sa technique est rudimentaire. Et alors ? C'est tout ce qu'il a pour bricoler sur place. D'abord, il duplique chaque vidéo, puis trie, efface, interpose, bref reprend le découpage technique à zéro. Une cellule, ce n'est pas très fonctionnel comme salle de montage, mais, à la longue, ses codétenus s'y sont fait. Chaque soir, dans leur dortoir de quatre mètres sur six, François s'insomnise par écran interposé, les autres broient du noir, avec ou sans sommeil. Il les avait prévenus : dix fois la même copie repassée non-stop ou six coups de tournevis dans le ventre.

Menace en l'air ? Pas vraiment, si l'on en croit le casier judiciaire de François. Il a manqué d'égorger un syndic de faillite dont le zèle lui faisait du tort. Ses coups de poinçon n'ont pas suffi, il a fallu qu'il récidive avec succès sur le juge du tribunal de commerce. Résultat : quinze ans incompressibles derrière les barreaux. Qu'importe, du moment qu'on le laisse remonter d'autres plans dans sa petite tête de visionnaire à huis clos. Et puis, de quoi se plaint-on ? François a quand même eu le tact de fournir boules Quiès, lunettes noires et doses de somnifère aux deux braqueurs infortunés qui partagent sa piaule. S'ils supportent mal cette promiscuité cathodique, ils n'ont qu'à s'ouvrir les veines et prendre l'air à l'infirmerie. À leur guise.

En téléphage consciencieux, François copie toutes les émissions sur l'univers carcéral. Il a déjà une vingtaine d'heures en archive sur le sujet. Largement assez pour piocher, couper et refondre à partir de ces *rushs* bruts un document inédit. S'il disposait d'un bon matériel, François aurait déjà fini, mais c'est plus dur de réaliser son premier film, sans caméra, ni producteur, ni échéance fixe. En attendant, il s'est passé la commande à lui-même.

Titre provisoire : *Import-Export.*

François a tout prévu sur le papier. Il ne garderait qu'un seul extrait du reportage en Californie : le cadrage serré du prisonnier mexicain, Pablo Diaz, en son direct. Il le ferait alterner avec un autre plan fixe, tiré d'un entretien exclusif avec Lin Hua, directrice d'un ancien camp de travail près de Shanghai : « *Ici, les détenus apprennent un vrai métier. Nous les formons aux techniques modernes de la confection mécanisée. Huit heures de couture par jour, c'est le maximum obligatoire. À ma connaissance, personne ne fait preuve de mauvaise volonté.* » Ensuite, il suffirait de monter le reste en parallèle : dix secondes sur le rééduqué Liu N'gaï en uniforme bleu, dix secondes sur Pablo Diaz en débardeur. Et ainsi de suite avec d'autres taulards anonymes, asiates ou yankees, d'un bout à l'autre de la chaîne. Et au final : une image arrêtée sur les piles de tee-shirts *made in China* ; un plan large sur les uniformes en toile de jeans *made in USA*. Ainsi François deviendrait-il grand reporter sans avoir jamais quitté ses douze mètres carrés.

Depuis quelques années, François poursuit en outre un cursus universitaire. Il paraît que la rééducation volontaire vous fait bien voir de l'administration. Ça évite les basses œuvres à l'atelier. Et lui s'est vite pris au jeu des tableaux statistiques. Sauf avis contraire du tuteur académique, il devrait obtenir une maîtrise en Économie appliquée d'ici l'été prochain.

Son mémoire porte sur les clientèles types de la vente par correspondance. Dans une dernière partie, il s'attarde sur deux secteurs captifs du marketing sur catalogues. Son intuition de départ ? un parallèle entre les modes de consommation des longues peines de sexe masculin et des ménagères célibataires de plus de soixante ans. Il leur suppose une commune « *appétence prélimitée à tendance psychorigide* ». Hypothèse audacieuse, mais, selon François, « *ces populations cœurs de cible, en voie de désubjectivation autarcique, partagent trois constantes comportementales : petit a, un pouvoir d'achat réduit tourné vers l'égo-subsistance ; petit b, des besoins élémentaires cycliquement bio-renouvelables ; petit c, une hypersensibilité aux messages prescriptifs audiovisuels* ».

Notre étudiant à distance en sait quelque chose. Lui qui n'a plus qu'un lien avec le monde extérieur : sa mère, dont la chiche pension de retraite se grève chaque mois d'un crédit de remboursement suite à la faillite du bar-tabac où François avait fait le garçon jusqu'à sa majorité. Mais il fallut qu'un syndic de faillite liquide l'affaire au profit d'un repreneur véreux. Croyant bien faire, François remua le couteau dans la plaie, à deux reprises, et ne réussit en définitive qu'à tuer son père, de chagrin.

Il lui reste une veuve placée sous tutelle dans un hospice, paralysée par ses œdèmes et un fatal enchaînement de circonstances. D'où, sans doute, les ultimes hypothèses de François à propos du *« statut socio-économique des personnes repentantes à mobilité nulle »*.

Qu'importe ses savantes élucubrations, l'ancienne buraliste a trouvé comment aider son fils sans se déplacer, et presque malgré lui. Qu'une marque de café moulu, de liquide vaisselle ou de croquettes canines lance une campagne promotionnelle, et elle remplit à sa place le coupon, minutieusement découpé selon les pointillés. Au départ, ce n'était qu'un passe-temps comme un autre, mais depuis peu, elle inscrit François à tous les concours publicitaires.

Secondée par les autres pensionnaires, elle capitalise aussi les points gagnants ou les coupons de remboursement, sans négliger d'exiger l'envoi du moindre échantillon gratuit. Ensuite, elle solde ses provisions superflues à l'économe de la maison de retraite. Pour mieux remplir les bulletins des tests et autres quizz, elle s'est abonnée à une revue spécialisée. On y trouve les réponses exactes, même celles subsidiaires, de près de trois cents jeux, leur date limite d'inscription et celles du tirage au sort. Quant aux frais d'affranchissement, il suffit de recopier une lettre type pour être indemnisé, c'est prévu par l'article 5 du décret du 23 juin 1989 sur les loteries à caractère commercial.

Au début, ça n'a rien donné, mais après un trimestre de postage assidu, l'affaire s'est mise à marcher : deux bons d'achat de 150 francs, un peignoir de bain, une montre-boussole, un raton-laveur en peluche, un agenda relié cuir, un sac de litière pour chat et un service à raclette.

Malgré les réticences de l'administration, François a fini par obtenir satisfaction. Après tout, ces cadeaux lui tombaient du ciel et nul ne devait contrevenir aux lois de la providence. Parmi les livraisons suivantes, un premier magnétoscope, suivi à brève échéance d'un vélo d'appartement, offert en douce au plus gradé des matons qui désormais fermerait les yeux sur certaines babioles peu réglementaires. Vu l'abondance des envois, François se montra assez généreux pour apaiser la jalousie de ses congénères, mais dut décliner la proposition alléchante d'une société thermale vichyssoise : un week-end de remise en forme, tous frais payés.

L'arrivée opportune d'un second magnétoscope engagea François dans la vidéomania que l'on sait. Jusqu'à réception d'un dernier paquet offert, semble-t-il, par une marque de chocolat noir, boîte de taille réduite et dont, sous l'effet trompeur de la routine, aucun surveillant ne pensa à inspecter le contenu. Il aurait pu s'agir d'un coffret de douze couteaux de cuisine en inox, assez affûtés pour propager dans l'étage entier une mutinerie perdue d'avance. Faute de quoi, il n'y avait à l'intérieur qu'un modeste matelas pneumatique en forme de dauphin bleu.

Maigre lot de consolation, mais cette prison consistant en un îlot fortifié à plusieurs kilomètres des côtes bretonnes, pareil jeu d'enfant excite l'imagination.

François disparut en pleine mer, la nuit suivante. Le lendemain de sa noyade présumée – sans que sa dépouille ne soit jamais formellement identifiée –, une marque de soda eut le mauvais goût de lui faire parvenir un masque, un tuba et des palmes. Par la suite, tous les colis gagnants furent renvoyés d'un simple coup de tampon : « *N'habite plus à l'adresse indiquée.* »

Il n'empêche, la chance ne semblait pas prête à se démentir. Le décès de sa lointaine bienfaitrice postale n'allait d'ailleurs rien changer à l'affaire. Trois ans après l'enterrement de sa maman chérie, feu François gagnait encore et toujours, sans qu'on sache désormais qui s'amusait à libeller les bulletins à son nom et l'abreuvait ainsi de petites offrandes posthumes.

Pseudo pseudo	13
Poste restante	17
Pluto que rien	22
Il était une fois l'aliénation	25
Emballée sous X	34
Chaînes alimentaires	36
Figuration libre	39
La débauchée	47
Cure à Durée Indéterminée	51
Les camelots du moi	55
Fin de carrières	59
Police de caractères	64
L'unanimité moins une voix	67
Le syndrome delphinien	70
Désincarnation du garçon-boucher	85
Promotion ethnique	88

Brigades d'interversion	90
Le dormeur debout	94
Réactions épidermiques	98
L'oisif de mauvais augure	101
Flux migratoires	105
Harcèlement textuel	111
L'échantillonneuse	115
Satisfait ou remboursé	120

DU MÊME AUTEUR

Aux Éditions Verticales

PRIÈRE D'EXHUMER, 1997

PETITES NATURES MORTES AU TRAVAIL, 2000 (Folio n° 4665)

LE THÉORISTE, 2001

PORTRAITS CRACHÉS, 2003

LE SOI-DISANT, 2008

Chez d'autres éditeurs

LA POLICE DES SENTIMENTS, *Denoël*, 1990

LES GAUCHERS, Julliard, 1993 ; « Points » Seuil, 2004

LES FICTIONS DU POLITIQUE CHEZ L.-F. CÉLINE, *Seuil*, 1994

PLUTÔT QUE RIEN, *Julliard*, 1995

LES PARAPAZZI, *Les Solitaires Intempestifs*, 1998

L'HOMME HÉRISSÉ : Liabeuf tueur de flics, *L'insomniaque*, 2002

COLLECTION FOLIO

Dernières parutions

4442. Collectif	*1,2,3... bonheur!*
4443. James Crumley	*Tout le monde peut écrire une chanson triste* et autres nouvelles.
4444. Niwa Fumio	*L'âge des méchancetés.*
4445. William Golding	*L'envoyé extraordinaire.*
4446. Pierre Loti	*Les trois dames de la Kasbah* suivi de *Suleïma.*
4447. Marc Aurèle	*Pensées (Livres I-VI).*
4448. Jean Rhys	*À septembre, Petronella* suivi de *Qu'ils appellent ça du jazz.*
4449. Gertrude Stein	*La brave Anna.*
4450. Voltaire	*Le monde comme il va* et autres contes.
4451. La Rochefoucauld	*Mémoires.*
4452. Chico Buarque	*Budapest.*
4453. Pietro Citati	*La pensée chatoyante.*
4454. Philippe Delerm	*Enregistrements pirates.*
4455. Philippe Fusaro	*Le colosse d'argile.*
4456. Roger Grenier	*Andrélie.*
4457. James Joyce	*Ulysse.*
4458. Milan Kundera	*Le rideau.*
4459. Henry Miller	*L'œil qui voyage.*
4460. Kate Moses	*Froidure.*
4461. Philip Roth	*Parlons travail.*
4462. Philippe Sollers	*Carnet de nuit.*
4463. Julie Wolkenstein	*L'heure anglaise.*
4464. Diderot	*Le Neveu de Rameau.*
4465. Roberto Calasso	*Ka.*
4466. Santiago H. Amigorena	*Le premier amour.*
4467. Catherine Henri	*De Marivaux et du Loft.*
4468. Christine Montalbetti	*L'origine de l'homme.*
4469. Christian Bobin	*Prisonnier au berceau.*
4470. Nina Bouraoui	*Mes mauvaises pensées.*

4471.	Françoise Chandernagor	*L'enfant des Lumières.*
4472.	Jonathan Coe	*La Femme de hasard.*
4473.	Philippe Delerm	*Le bonheur.*
4474.	Pierre Magnan	*Ma Provence d'heureuse rencontre.*
4475.	Richard Millet	*Le goût des femmes laides.*
4476.	Pierre Moinot	*Coup d'État.*
4477.	Irène Némirovsky	*Le maître des âmes.*
4478.	Pierre Péju	*Le rire de l'ogre.*
4479.	Antonio Tabucchi	*Rêves de rêves.*
4480.	Antonio Tabucchi	*L'ange noir.* (à paraître)
4481.	Ivan Gontcharov	*Oblomov.*
4482.	Régine Detambel	*Petit éloge de la peau.*
4483.	Caryl Férey	*Petit éloge de l'excès.*
4484.	Jean-Marie Laclavetine	*Petit éloge du temps présent.*
4485.	Richard Millet	*Petit éloge d'un solitaire.*
4486.	Boualem Sansal	*Petit éloge de la mémoire.*
4487.	Alexandre Dumas	*Les Frères corses.* (à paraître)
4488.	Vassilis Alexakis	*Je t'oublierai tous les jours.*
4489.	René Belletto	*L'enfer.*
4490.	Clémence Boulouque	*Chasse à courre.*
4491.	Giosuè Calaciura	*Passes noires.*
4492.	Raphaël Confiant	*Adèle et la pacotilleuse.*
4493.	Michel Déon	*Cavalier, passe ton chemin!*
4494.	Christian Garcin	*Vidas* suivi de *Vies volées.*
4495.	Jens Christian Grøndahl	*Sous un autre jour.*
4496.	Régis Jauffret	*Asiles de fous.*
4497.	Arto Paasilinna	*Un homme heureux.*
4498.	Boualem Sansal	*Harraga.*
4499.	Quinte-Curce	*Histoire d'Alexandre.*
4500.	Jérôme Garcin	*Cavalier seul.*
4501.	Olivier Barrot	*Décalage horaire.*
4502.	André Bercoff	*Retour au pays natal.*
4503.	Arnaud/Barillé/ Cortanze/Maximin	*Paris Portraits.*
4504.	Alain Gerber	*Balades en jazz.*
4505.	David Abiker	*Le musée de l'homme.*
4506.	Bernard du Boucheron	*Coup-de-Fouet.*
4507.	Françoise Chandernagor	*L'allée du Roi.*
4508.	René Char	*Poèmes en archipel.*
4509.	Sophie Chauveau	*Le rêve Botticelli.*

4510. Benoît Duteurtre	*La petite fille et la cigarette.*
4511. Hédi Kaddour	*Waltenberg.*
4512. Philippe Le Guillou	*Le déjeuner des bords de Loire.*
4513. Michèle Lesbre	*La Petite Trotteuse.*
4514. Edwy Plenel	*Procès.*
4515. Pascal Quignard	*Sordidissimes. Dernier Royaume, V.*
4516. Pascal Quignard	*Les Paradisiaques. Dernier Royaume, IV.*
4517. Danièle Sallenave	*La Fraga.*
4518. Renée Vivien	*La Dame à la louve.*
4519. Madame Campan	*Mémoires sur la vie privée de Marie-Antoinette.*
4520. Madame de Genlis	*La Femme auteur.*
4521. Elsa Triolet	*Les Amants d'Avignon.*
4522. George Sand	*Pauline.*
4523. François Bégaudeau	*Entre les murs.*
4524. Olivier Barrot	*Mon Angleterre. Précis d'Anglopathie.*
4525. Tahar Ben Jelloun	*Partir.*
4526. Olivier Frébourg	*Un homme à la mer.*
4527. Franz-Olivier Giesbert	*Le sieur Dieu.*
4528. Shirley Hazzard	*Le Grand Incendie.*
4529. Nathalie Kuperman	*J'ai renvoyé Marta.*
4530. François Nourissier	*La maison Mélancolie.*
4531. Orhan Pamuk	*Neige.*
4532. Michael Pye	*L'antiquaire de Zurich.*
4533. Philippe Sollers	*Une vie divine.*
4534. Bruno Tessarech	*Villa blanche.*
4535. François Rabelais	*Gargantua.*
4536. Collectif	*Anthologie des humanistes européens de la renaissance.*
4537. Stéphane Audeguy	*La théorie des nuages.*
4538. J. G. Ballard	*Crash !*
4539. Julian Barnes	*La table citron.*
4540. Arnaud Cathrine	*Sweet home.*
4541. Jonathan Coe	*Le cercle fermé.*
4542. Frank Conroy	*Un cri dans le désert.*
4543. Karen Joy Fowler	*Le club Jane Austen.*
4544. Sylvie Germain	*Magnus.*
4545. Jean-Noël Pancrazi	*Les dollars des sables.*

4546. Jean Rolin — *Terminal Frigo.*
4547. Lydie Salvayre — *La vie commune.*
4548. Hans-Ulrich Treichel — *Le disparu.*
4549. Amaru — *La Centurie. Poèmes amoureux de l'Inde ancienne.*
4550. Collectif — *« Mon cher papa... » Des écrivains et leur père.*
4551. Joris-Karl Huysmans — *Sac au dos* suivi de *À vau l'eau.*
4552. Marc-Aurèle — *Pensées (Livres VII-XII).*
4553. Valery Larbaud — *Mon plus secret conseil...*
4554. Henry Miller — *Lire aux cabinets.*
4555. Alfred de Musset — *Emmeline.*
4556. Irène Némirovsky — *Ida* suivi de *La comédie bourgeoise.*
4557. Rainer Maria Rilke — *Au fil de la vie.*
4558. Edgar Allan Poe — *Petite discussion avec une momie et autres histoires extraordinaires.*
4559. Madame de Duras — *Ourika. Édouard. Olivier ou le Secret.*
4560. François Weyergans — *Trois jours chez ma mère.*
4561. Robert Bober — *Laissées-pour-compte.*
4562. Philippe Delerm — *La bulle de Tiepolo.*
4563. Marie Didier — *Dans la nuit de Bicêtre.*
4564. Guy Goffette — *Une enfance lingère.*
4565. Alona Kimhi — *Lily la tigresse.*
4566. Dany Laferrière — *Le goût des jeunes filles.*
4567. J.M.G. Le Clézio — *Ourania.*
4568. Marie Nimier — *Vous dansez ?*
4569. Gisèle Pineau — *Fleur de Barbarie.*
4570. Nathalie Rheims — *Le Rêve de Balthus.*
4571. Joy Sorman — *Boys, boys, boys.*
4572. Philippe Videlier — *Nuit turque.*
4573. Jane Austen — *Orgueil et préjugés.*
4574. René Belletto — *Le Revenant.*
4575. Mehdi Charef — *À bras-le-cœur.*
4576. Gérard de Cortanze — *Philippe Sollers. Vérités et légendes.*
4577. Leslie Kaplan — *Fever.*
4578. Tomás Eloy Martínez — *Le chanteur de tango.*

4579. Harry Mathews — *Ma vie dans la CIA.*
4580. Vassilis Alexakis — *La langue maternelle.*
4581. Vassilis Alexakis — *Paris-Athènes.*
4582. Marie Darrieussecq — *Le Pays.*
4583. Nicolas Fargues — *J'étais derrière toi.*
4584. Nick Flynn — *Encore une nuit de merde dans cette ville pourrie.*
4585. Valentine Goby — *L'antilope blanche.*
4586. Paula Jacques — *Rachel-Rose et l'officier arabe.*
4587. Pierre Magnan — *Laure du bout du monde.*
4588. Pascal Quignard — *Villa Amalia.*
4589. Jean-Marie Rouart — *Le Scandale.*
4590. Jean Rouaud — *L'imitation du bonheur.*
4591. Pascale Roze — *L'eau rouge.*
4592. François Taillandier — *Option Paradis. La grande intrigue, I.*
4593. François Taillandier — *Telling. La grande intrigue, II.*
4594. Paula Fox — *La légende d'une servante.*
4595. Alessandro Baricco — *Homère, Iliade.*
4596. Michel Embareck — *Le temps des citrons.*
4597. David Shahar — *La moustache du pape* et autres nouvelles.
4598. Mark Twain — *Un majestueux fossile littéraire* et autres nouvelles.
4600. Tite-Live — *Les Origines de Rome.*
4601. Jerome Charyn — *C'était Broadway.*
4602. Raphaël Confiant — *La Vierge du Grand Retour.*
4603. Didier Daeninckx — *Itinéraire d'un salaud ordi naire.*
4604. Patrick Declerck — *Le sang nouveau est arrivé. L'horreur SDF.*
4605. Carlos Fuentes — *Le Siège de l'Aigle.*
4606. Pierre Guyotat — *Coma.*
4607. Kenzaburô Ôé — *Le faste des morts.*
4608. J.-B. Pontalis — *Frère du précédent.*
4609. Antonio Tabucchi — *Petites équivoques sans importance.*
4610. Gonzague Saint Bris — *La Fayette.*
4611. Alessandro Piperno — *Avec les pires intentions.*
4612. Philippe Labro — *Franz et Clara.*

4613. Antonio Tabucchi	*L'ange noir.*
4614. Jeanne Herry	*80 étés.*
4615. Philip Pullman	*Les Royaumes du Nord. À la croisée des mondes, I.*
4616. Philip Pullman	*La Tour des Anges . À la croisée des mondes, II.*
4617.Philip Pullman	*Le Miroir d'Ambre. À la croisée des mondes, III.*
4618. Stéphane Audeguy	*Petit éloge de la douceur.*
4619. Éric Fottorino	*Petit éloge de la bicyclette.*
4620. Valentine Goby	*Petit éloge des grandes villes.*
4621. Gaëlle Obiégly	*Petit éloge de la jalousie.*
4622. Pierre Pelot	*Petit éloge de l'enfance.*
4623. Henry Fielding	*Histoire de Tom Jones.*
4624. Samina Ali	*Jours de pluie à Madras.*
4625. Julian Barnes	*Un homme dans sa cuisine.*
4626. Franz Bartelt	*Le bar des habitudes.*
4627. René Belletto	*Sur la terre comme au ciel.*
4628. Thomas Bernhard	*Les mange-pas-cher.*
4629. Marie Ferranti	*Lucie de Syracuse.*
4630. David McNeil	*Tangage et roulis.*
4631. Gilbert Sinoué	*La reine crucifiée*
4632. Ted Stanger	*Sacrés Français ! Un Américain nous regarde.*
4633. Brina Svit	*Un cœur de trop.*
4634. Denis Tillinac	*Le venin de la mélancolie.*
4635. Urs Widmer	*Le livre de mon père.*
4636. Thomas Gunzig	*Kuru.*
4637. Philip Roth	*Le complot contre l'Amérique.*
4638. Bruno Tessarech	*La femme de l'analyste.*
4639. Benjamin Constant	*Le Cahier rouge.*
4640. Carlos Fuentes	*La Desdichada.*
4641. Richard Wright	*L'homme qui a vu l'inondation* suivi de *Là-bas, près de la rivière.*
4642. Saint-Simon	*La Mort de Louis XIV.*
4643. Yves Bichet	*La part animale.*
4644. Javier Marías	*Ce que dit le majordome.*
4645. Yves Pagès	*Petites natures mortes au travail.*
4646. Grisélidis Réal	*Le noir est une couleur.*
4647. Pierre Senges	*La réfutation majeure.*

4648. Gabrielle Wittkop	*Chaque jour est un arbre qui tombe.*
4649. Salim Bachi	*Tuez-les tous.*
4650. Michel Tournier	*Les vertes lectures.*
4651. Virginia Woolf	*Les Années.*
4652. Mircea Eliade	*Le temps d'un centenaire* suivi de *Dayan.*
4653. Anonyme	*Une femme à Berlin. Journal 20 avril-22 juin 1945.*
4654. Stéphane Audeguy	*Fils unique.*
4655. François Bizot	*Le saut du Varan.*
4656. Pierre Charras	*Bonne nuit, doux prince.*
4657. Paula Fox	*Personnages désespérés.*
4658. Angela Huth	*Un fils exemplaire.*
4659. Kazuo Ishiguro	*Auprès de moi toujours.*
4660. Luc Lang	*La fin des paysages.*
4661. Ian McEwan	*Samedi.*
4662. Olivier et Patrick Poivre d'Arvor	*Disparaître.*
4663. Michel Schneider	*Marilyn dernières séances.*
4664. Abbé Prévost	*Manon Lescaut.*
4665. Cicéron	*«Le bonheur dépend de l'âme seule».* Tusculanes, *livre V.*
4666. Collectif	*Le pavillon des Parfums-Réunis.* et autres nouvelles chinoises des Ming.
4667. Thomas Day	*L'automate de Nuremberg.*
4668. Lafcadio Hearn	*Ma première journée en Orient* suivi de *Kizuki le sanctuaire le plus ancien du Japon.*
4669. Simone de Beauvoir	*La femme indépendante.*
4670. Rudyard Kipling	*Une vie gaspillée* et autres nouvelles.
4671. D. H. Lawrence	*L'épine dans la chair* et autres nouvelles.
4672. Luigi Pirandello	*Eau amère.* et autres nouvelles.
4673. Jules Verne	*Les révoltés de la Bounty* suivi de *maître Zacharius.*
4674. Anne Wiazemsky	*L'île.*
4675. Pierre Assouline	*Rosebud.*

Composition Facompo
Impression Novoprint
à Barcelone, le 2 février 2008
Dépôt légal: février 2008
1er dépôt légal dans la collection : novembre 2007

ISBN 978-2-07-034843-5 /Imprimé en Espagne.

158884